Dieses Buch widme ich meiner Freundin Kerstin.
Ohne sie wäre dieses Buch nicht entstanden
und mein Leben um einiges ärmer.

Impressum:

© 2020 Anke Ratajczak

Layout: Angelika Fleckenstein, Spotsrock

ISBN
978-3-347-21238-1 (Paperback)
978-3-347-21239-8 (Hardcover)
978-3-347-21240-4 (e-Book)

Verlag & Druck:
Tredition GmbH
Halenreie 40–44
22359 Hamburg

Anke Ratajczak

Gott sei Dank Helgoland

Die Autorin ist in Fulda geboren, in der hessischen Rhön aufgewachsen. Mit zwanzig Jahren legte sie ihr Staatsexamen als Physiotherapeutin ab. Ein paar Jahre später ging sie als christliche Streetworkerin ins Ausland (Kirgisien/USA) und kehrte wieder nach Deutschland zurück. Inspiriert von ihrer Mutter entstand die Idee, ein Buch zu schreiben.

Inhalt

1

Urlaubsbedarf, aber kein Geld

Gestern rief ich meine gute alte Freundin Christin an und erzählte ihr, was mir gerade passiert war. Ich war zu einer Lesung gegangen, bei der eine Autorin aus ihrem Buch vorlesen sollte. Groß angekündigt im Internet und als Aushang auf der Insel Helgoland, meinem Zuhause. Aber leider saßen wir Zuhörer mutterseelenallein da. Kein Autor, keine Info, niemand von der Touristik, nicht mal ein Zettel an der Tür.

Schweigend warteten wir, dann tauschten wir unsere Irritation aus und kamen allmählich miteinander ins Gespräch. Dabei ergab es sich, dass ich meine Geschichte erzählte, wie ich nach Helgoland gekommen war. Am Ende meinte ein Zuhörer, ich solle das aufschreiben.

Ein wenig mahnend in der Stimme, fragte mich Christin am Telefon: „Wie viele Personen haben dich bis jetzt darauf angesprochen, ein Buch zu schreiben?"

Genervt hielt ich dagegen: „Du stellst manchmal die falsche Frage", denn ich wollte nicht zugeben, dass es in Wirklichkeit viele waren.

Sie entgegnete: „Nein, das finde ich nicht! Ich

dachte, du benutzt deinen Urlaub dazu, ein Buch zu schreiben?"

Widerwillig verteidigte ich mich: „Ich habe gerade Urlaub! Da darf ich mich ausruhen, das machen die anderen auch. Das ist Erholungszeit."

„Aber es gibt dir etwas, wenn du schreibst und es macht dich glücklich", entgegnete sie schlagfertig und flüsterte leise: „Außerdem hörst du dich nicht gut an. Kannst mir halt nix vormachen. Ich kenne dich."

„Ja", maulte ich, wie ein unwilliges Kind.

Ach, sie hat aber auch eine Art, mir die Wahrheit aufs Brötchen zu schmieren! Sie redet mir nicht nach dem Mund, dennoch kann sie gut trösten und Mut machen. Oder eben den nötigen ‚Tritt in den Hintern' geben, das kann sie auch gut.

Am nächsten Tag, wenn auch im Urlaub, setzte ich mich ans Meer und fing an zu schreiben.

Wie ich nach Helgoland kam? Alles fing mit einem Gebet an ...

Ich arbeitete als leitende Physiotherapeutin in einer Klinik in Hessen und bekam trotz der Verantwortung, die ich zu tragen hatte, ein sehr kärgliches Gehalt. Zum Leben zu wenig, zum Sterben zu viel. An einen Urlaub war nicht zu denken, unbezahlbar! Ich war mir aber bewusst, dass ich einen großen Gott im Himmel habe und mir deshalb Wünsche unabhängig von meinem Kontostand leisten konnte.

Ich faltete also meine Hände und betete ernstlich im Glauben: „Herr Jesus, du weißt, dass ich mir keinen Urlaub leisten kann, aber ich weiß, dass dies kein

Problem für dich ist. Ich möchte gerne Ebbe und Flut sehen, am Meer entlang Inline skaten, aber dafür nicht ins Ausland reisen müssen. Ich will die Ruhe des Meeres genießen und ganz abschalten können. Dafür bedanke ich mich von ganzem Herzen und glaube, dass du es mir schenken wirst. Amen."

Danach hatte ich so ein Gefühl im Bauch. Ungefähr so: Wenn Gott dir das Radieschen zuwirft, dann musst du es auch fangen. Also besser die nächste Zeit innerlich aufmerksam sein, wenn die richtige Gelegenheit kommt.

Und sie kam!

In meinem ganz normalen Arbeitsalltag. Ich beendete gerade eine Gruppengymnastik, da sprachen mich ein paar Patienten an. Das passiert häufig, und ich muss mich schnell von ihren Liebenswürdigkeiten oder Fachfragen loseisen, weil ein strammer Zeitplan abgearbeitet werden muss.

Freundlich kam ein unverkennbar norddeutsches Ehepaar, Ina und Oke Hain, auf mich zu. Sie hätten mich ins Herz geschlossen und wollten mich gerne zu sich nach Hause einladen. So etwas ist mir schon öfter passiert. Gerade wollte ich freundlich absagen, da schoss mir ein Gedanke durch den Kopf: ‚Frage doch erst mal, wo die wohnen.'

„Das ist aber lieb", entgegnete ich „Wo wohnen Sie denn?"

Er antwortete: „In Cuxhaven!"

„Liegt das am Meer? Gibt es da Ebbe und Flut? Kann man da Inline skaten?", fragte ich neugierig.

„Aber ja! Hier ist meine Karte, wir sprechen uns später noch mal. Sie sind in Eile, und der nächste Patient wartet sicher schon auf Sie."

Ich steckte die Visitenkarte ein und lief schnell zum Aufzug. Auf dem Weg kam mir mein Chefarzt Dr. Jansen entgegen. Er meinte: „Haben Sie das Ehepaar Hain schon kennengelernt? Bitte behandeln Sie beide in Einzeltherapie", wobei er mir die Diagnose erläuterte. „Die haben mich nach Cuxhaven eingeladen, ich kenne die aber nicht."

„Ach, da können Sie ruhig mitfahren, die sind in Ordnung."

Am nächsten Tag behandelte ich die beiden und schlug ihnen einen Deal vor.

„Ich würde gerne vier Tage bei Ihnen übernachten und Ihnen täglich eine Massage als Gegenleistung anbieten."

Sie schlugen ein, und der Deal war gemacht.

Da war er, mein Sommerurlaub mit Ebbe und Flut, wie gewünscht! Da sag noch einer, Gott hört kein Gebet. Sollte der, der das Ohr gemacht hat nicht hören? Natürlich hört er – und das sehr gut.

Wenige Wochen später ging es los. Ankunft abends in Cuxhaven, am nächsten Morgen nach dem Frühstück die beiden massieren, und dann wollten sie mit mir eine Rundfahrt durch Cuxhaven machen.

Ich war so müde von der Klinikarbeit und sehnte mich nach Ruhe. Außerdem interessiere ich mich überhaupt nicht für Sightseeing. Ich willigte dennoch ein. Wer kann schon so viel Freundlichkeit widerstehen? Zunächst fuhren wir zum Hafen.

„Aussteigen!", rief er.

Wir standen am Pier und schauten in die Hafenbrühe.

„Und jetzt musst du ins Wasser spucken!"

„Was? Ich spucke doch nicht ins Wasser, igitt!"

„Doch", kam es mit fester Ansage von Oke.

Als ich merkte, dass er darauf bestand, spuckte ich widerwillig in die Hafenbrühe.

„Gut", meinte er zufrieden. „Jetzt kommst du wieder. Wer ins Wasser spuckt, kommt wieder. Jetzt kannst du wieder einsteigen", sagte er mit Schalk in den Augen.

Ich stieg mit süßsaurem Lächeln ins Auto. Naja, ist ja süß von den beiden, die wollen, dass ich wiederkomme. Dann ging es weiter durch den Hafenbereich mit ausführlicher Erklärung, besser als ein Stadtführer. Wenn es mich auch nicht interessierte und ich trotzdem mein freundliches Sonntagslächeln aufsetzte. Schön, Hafenbereich, schön Fischkutter, schön Fischrestaurant, schön Hafenkneipe ...

Dann zeigte er mir ein weißes Passagierschiff mit den Worten: „Das ist die ‚Atlantis', damit kannst du eine Butterfahrt nach Helgoland machen. Aber da willst du nicht hin auf den Fuselfelsen, da läufst du nur im Kreis und wirst irre. Bleib du lieber hier. Wir haben hier eine orthopädische Klinik, da fahren wir dich jetzt hin. Vielleicht haben die eine Stelle frei, dann kannst du hierherziehen. Außerdem wird auf

Helgoland ‚ausgebootet', da musste vom Schiff meter-tief in ein kleines Boot springen und dazwischen geht es weit runter, und wenn du zwischen Schiff und Boot gerätst, bist du tot", erklärte er mit dramatisch über-triebenen Gesten.

Ich war plötzlich wach.

„Da kann man nach Helgoland fahren?", rief ich er-staunt. In meinem Herz dachte ich. ‚So eine Chance be-kommst du nur einmal.' „Ähm, ich habe mein Geld zu Hause liegenlassen, könnt ihr mir ein Ticket kaufen, ich gebe es euch heute Abend sofort zurück."

Unwillig schaute er seine Frau an.

„Hm, ja gut, aber erst morgen. Wir holen dich dann abends vom Schiff ab."

Am selben Abend lag ich glücklich und erwar-tungsvoll in meinem Bett. „Morgen geht es nach Hel-goland", gluckste ich fröhlich.

Ich erinnerte mich an meine Kindheit. Ich war etwa 5 Jahre alt und mein ältester Bruder Fred war die ganzen Sommerferien weg gewesen. Ich hatte ihn vermisst, weil er so schön mit mir spielen konnte. Als er wieder da war, schlich ich leise in sein Zimmer. Er zog sich gerade einen Wollpullover über und sagte dabei zu unserem Bruder Heinrich: „Es ist schön da auf Helgoland." Sein Gesicht strahlte, seine Begeiste-rung war groß, er sah so erholt und glücklich aus. Ich dachte ‚Da will ich auch mal hin'.

Und morgen wird es so weit sein! Oh, ich war so schrecklich aufgeregt. Nie hätte ich es für möglich ge-halten, dass ich einmal in meinem Leben diese Insel sehen werde. Es war ein Wunsch in meinem Herz, von dem ich immer dachte, dass er niemals in Erfüllung gehen würde. Das wäre zu schön, um wahr zu sein!

2

Zum ersten Mal auf Helgoland

Mit einer Flasche Wasser, einem Apfel und einer EC-Karte ging ich aufs Schiff. Herrliches Wetter, raus auf See. Ich beobachtete das Schiffspersonal, diesen norddeutschen Menschenschlag, der mir so fremd war. Unfreundlich und kühl wirkten sie auf mich.

Das Schiff war eine Weile gefahren, bis kein Land mehr in Sicht war. Das Wasser wurde langsam klar, und aus diesem duftenden, blauen, berauschenden Meer erhob sich ein wunderschöner roter, majestätischer Felsen aus der Nordsee. Ich hatte diese Insel noch nie gesehen, nicht mal auf einem Foto. Wie fasziniert stand ich da, Mund offen, sprachlos und überwältigt von dieser Schönheit. Währenddessen zogen zwei ältere Männer direkt neben mir über die Insel her. Ihre Worte prallten an mir ab, wie ein Fußball am Torpfosten.

Endlich, der Anker fiel, und lauter weiße Boote kreisten um das Schiff. Darin standen Männer, die scheinbar mit den schwankenden Booten verwachsen waren. Seitliche Türen am Schiff wurden geöffnet, und jeder Passagier wurde in eines der weißen Boote gesetzt.

Aus einem Lautsprecher ertönte die Ansage vom Schiffspersonal: „Um 16:00 Uhr legen wir wieder ab, sollten Sie bis dahin nicht auf dem Schiff sein, sehen wir uns morgen wieder."

Was? Nur bis 16:00 Uhr?! Ich fahre doch nicht den langen Weg für läppische dreieinhalb Stunden? Dann sehen wir uns morgen wieder! Auf jeden Fall fahre ich heute nicht zurück, das steht fest.

Ich hüpfte freudig ins Boot.

Mein erster Weg ging ins Büro der Reederei, um das Ticket umzubuchen, danach zur Touristik wegen einem Zimmer. Die Dame schaute mich an und sagte „Sie sehen aus, als hätten Sie schon umgebucht, ohne ein Zimmer zu haben?"

„Ja, sieht man das?"

„Sie wissen schon, dass wir Hochsaison haben und die Insel ausgebucht ist? Hm, da ist noch ein Doppelzimmer frei, kostet bisschen mehr, ist aber das einzige."

„Nehme ich."

Prima, wer sagt's denn. Ich hätte auch auf einer Bank gepennt oder mir die Nacht um die Ohren gehauen, aber zurück wäre ich an diesem Tag bestimmt nicht gefahren.

Oben auf dem Felsen angekommen, eröffnete sich mir ein herrlicher Blick aufs Meer. Diese Insel hat eine einzigartige Atmosphäre. Die Luft so sauber und weich, das Wasser glasklar. Diese tiefe heilsame Ruhe, kein Stress, kein lärmender hektischer Autoverkehr, niemand hetzte sich oder rannte mit ernster Miene, wie getrieben. Ich machte einen Inselrundgang und kam an der westlichen Klippe an. Dort brüteten Seevögel auf dem wunderschönen roten Felsen.

Dieser weite Blick über das blaue Meer. Es glitzerte in der Sonne, als sei es mit Diamanten bestreut. Weit, weit über das Meer ließ ich meinen Blick schweifen. Dieses Blau, dieses wunderschöne, beruhigende, wohltuende Blau. Der Blick darauf tat meinen Augen gut.

Unbemerkt pustete mir die frische salzige Meeresbrise den Kopf frei. Ich setzte mich auf eine Bank und verweilte dort. Am Horizont konnte ich Frachtschiffe beobachten. Wegen der Entfernung hatten sie die Größe von Matchboxautos. Erst nach langem Hinschauen bemerkte ich, dass sie sich bewegten.

Egal, wohin ich sah, überall Wasser. Dieses Inselgefühl überkam mich. Abgeschieden, eingeinselt, erreichbar, aber nicht greifbar. Schön war das!

Mit dem Abstand zum Festland ging mir meine Arbeitsstelle durch den Kopf. Drei Patienten in der Stunde behandeln, zweimal die Woche eine Stunde Waldlauf mit Herzpatienten, danach nahtlos ins Bewegungsbad, um Übungen vorzuturnen. Oft war ich um 9:00 Uhr schon das zweite Mal komplett nass geschwitzt. Nicht mal Zeit ,die Wäsche zu wechseln oder die Toilette aufzusuchen. Wer sich verspätet, brachte den strammen Terminplan durcheinander und musste ohne Bezahlung nacharbeiten, während man sich den ganzen Tag das Gemaule über die Unpünktlichkeit anhören durfte.

In dem Stress hielt mich mein Chefarzt auch noch mit Patientenbesprechungen auf. Wenn ich ihm wie Daniel Düsentrieb davonsausen wollte und mit einem Augenaufschlag raunte wie: ‚Bitte, bitte, ich muss jetzt weiter!', dann erinnerte er mich daran, dass er der Chef ist und wenn er mit mir spricht, nichts anderes wichtiger ist.

Jeden Abend zog ich die weiße Klinikmontur waschmaschinenreif von der Haut. Berge von Wäsche, die irgendwann wieder gebügelt am Start sein mussten. Immer mit Terminplan und Handy bewaffnet, spurtete ich durch die Klinikflure. In all dem Stress baute manchmal ein Patient in der Herzrehabilitation ab. Dann ging es erst richtig rund. „Hilfe", schrie dann jemand, „der kriegt keine Luft mehr und verliert das Bewusstsein. Schnell, schnell!" Dann rannten alle gleichzeitig.

In kürzester Zeit muss der Arzt gerufen, schnell, besonnen und trotzdem ruhig gehandelt werden. Mancher Notfall kam mir wieder vor Augen. Der Einsatz meines Physiotherapeuten-Teams, der nicht gewürdigt und grottenschlecht bezahlt wurde. Die Herausforderung, das stramme Pensum abzuarbeiten und gleichzeitig eine qualifizierte, gute Arbeit abzuliefern, wovon der Therapieerfolg abhing. Die erfreulichen Momente, wenn Patienten sich verabschiedeten und wieder sichtlich gebessert die Klinik verließen. Diese Dankbarkeit war die viele Mühe wert und kehrte den Stress in Freude um.

Um meine eigene Gesundheit stand es nicht gut.

Mal schmerzte mein Bauch, mal hatte ich nässende, juckende Haut, mal aufgerissenen Hände, mal fühlte ich mich den ganzen Tag wie erschlagen. Wie lange wird das noch gut gehen?

Kein Arzt hatte bis jetzt die Ursache gefunden. Und ich war bei einer Menge Ärzten gewesen. Ein junger Arzt, frisch von der Uni, meinte, ich würde mir das einbilden. Hm, wenn das funktionieren würde, dann bilde ich mir einen Urlaub auf den Malediven ein und ein gut gefülltes Bankkonto. Müsste dann eigentlich funktionieren, wenn er recht hatte.

Privat wohnte ich in einem kleinen Fachwerkhaus in Trautheim, das ich mir mit der liebevollen, vitalen, älteren Dame teilte, die Siglinde hieß. Sie wohnte oben, ich unten. Wir kamen gut klar.

Am Wochenende übernahm ich die Sonntagsschule für die Kinder in einer kleinen freikirchlichen Gemeinde. Ich liebte die Kleinkinder mit ihrer einfachen Welt, aber auch die Teenager in ihrer Rebellionsphase. Eine Kinderfreizeit stampften wir als Gemeinde aus dem Boden und waren danach wie müde, aber glückliche, Krieger nach Hause geschlurft. Die Kinder sahen aus, als hätten sie den Dschungel durchquert und mussten schnurstracks in die Badewanne. Sie quasselten aufgeregt auf ihre Eltern ein und erzählten von all ihren Erlebnissen. Ich genoss es einfach, und es erfüllte mich mit tiefer Zufriedenheit.

Mein Blick schweifte weiter übers Meer. Gedankenverloren saß ich da. Klinik, Kinder, Freunde, meine Eltern und Geschwister, für alle war ich gerne da. Auch in meiner Wohnung war Besuch an der Tagesordnung. Manchmal hätte ich gerne die Tür zugenagelt und ein Schild drangehängt – ‚Katholische Männerbadeanstalt! Der Papst ist zu Besuch, wir baden gerade.‘ – Als Scherz gemeint! In der Hoffnung, dass keiner klingelt.

Ich war froh, wenn ich zeitig ins Bett kam, schließlich ging um 7:00 Uhr der Klinikalltag los. Diese ständige Erreichbarkeit, immer war irgendwas. Und jetzt saß ich hier, fühlte mich weit weg von allen Verpflichtungen, nicht greifbar, weil viel, viel Wasser dazwischen war. Großartig war das. Ich konnte mich nicht schnell ins Auto setzen und rüberfahren. Geht nicht!

Ich stellte mir vor, wie die Klinik nach mir rief. Geht nicht, bin auf Helgoland! Innerlich lachte ich mich schlapp und freute mich, dass niemand, aber auch *niemand* nach mir greifen konnte.

Jetzt das Handy mit ganzer Kraft über die Klippe werfen. Sich frei fühlen von allen Pflichten, Erwartungen und Verbindlichkeiten. Ich genoss diesen Gedanken wie ein kleines Mädchen, das einen riesigen bunten Lolly mit einem breiten Lächeln lutschte.

Die Seevögel flogen in großer Schar über meinen Kopf hinweg. Sie hatten kein Auto, keine Wohnung, keine Kosten. Sie spielten mit der Meeresbriese und flogen genießerisch in den Abendwind, ließen sich emporheben von der Thermik. Einfach nur die Flügel spreizen und sich in den warmen Luftstrom fallen lassen. Mal eine Runde um die Insel drehen und ins Meer eintauchen. Sie brauchten für einen Kopfsprung kein

Dreimeterbrett, sie schossen wie ein Pfeil ins Wasser, fingen sich ihr Abendbrot und genossen den Sonnenuntergang. Sie sorgten sich um nichts. Ein Bibelvers streifte mein Herz:

‚Seht die Vögel unter dem Himmel an: Sie säen nicht, sie ernten nicht, sie sammeln nicht in die Scheunen; und euer himmlischer Vater ernährt sie doch. Seid ihr denn nicht viel kostbarer als sie?‘

Ja, kostbar und wertgeschätzt von Gott zu sein. Wie gut das tat! Und dabei hatte ich nur für Ebbe und Flut gebetet. Ich fühlte mich, als hätte ich um ein Glas Wasser gebeten und die Niagarafälle erhalten. Wie ein Baby zur Ruhe gebracht, stand ich noch lange an der Klippe und sah den Seevögeln bei ihren Flugkünsten zu. Berauscht von all den Eindrücken und Erlebnissen fiel ich abends ins Bett. Frei und so sehr glücklich.

Ich hatte erholsam und tief geschlafen. Diese himmlische Ruhe hier! Mein Fenster war weit geöffnet. Ich mag es, wenn die Gardine nachts im Wind weht. Eine frische Meeresbrise und ein Sternenhimmel, der die eigenen Augen erstrahlen ließ.

Ganz früh am Morgen stand ich auf und lief zur Klippe. Vereinzelt Spaziergänger und der Himmel voller Seevögel. Ihr lauter, freudig krächzender Ruf weckt sicher jeden noch schlafenden Vogel, dachte ich. An der Klippe war richtig was los. Die Basstölpel mit ihrer großen Spannweite, schneeweiß glänzendem Gefieder und schwarzen Flügelspitzen erhoben sich in Scharen und schwebten wie schwerelos über mir. Ich quietschte vor Freude. „Ist das <u>schööön</u>", platzte es aus mir raus, Freudentränen liefen mir über die Wangen, meine Arme hoch zum Himmel gestreckt. Ich konnte diese überwältigende Freude und Begeisterung nicht zurückhalten. Unmöglich!

Zurück in der Pension, saß ich im Frühstücksraum. Einige Gäste waren schon zugegen. Schweigen, keiner sagte ein Wort. Eine Frau, so um die vierzig sah mich die ganze Zeit an. Sie sah genauso aus wie Friesen in Kinderbüchern dargestellt werden. Die dünnen blonden Haare als Dutt ganz oben auf dem Kopf zusammengerollt. Mit kleinen blauen Augen, blasser Haut und einem strengen, verkniffenen Blick schaute sie mich wortlos an. Und sie hatte Ausdauer! Sie wich meinem Blick nicht aus und verzog keine Miene. Ich fühlte mich wie im Zoo, nur auf der anderen Seite des Zauns. Ich schwieg, verputzte mein Brötchen, bezahlte meine Rechnung und verließ die Pension. Es waren nur noch wenige Stunden bis zur Abreise. Daran wollte ich noch gar nicht denken.

Genüsslich schlenderte ich durch die kleinen Geschäfte, bis ich an der östlichen Felsenkante ankam. Da schlängelte sich ein gepflasterter Weg an einer roten Mauer entlang wie eine Promenade auf der Klippe. Die rote Mauer hatte genau die richtige Höhe, um sich gemütlich anzulehnen. Das lud zum Verweilen ein.

Es war ein schöner Sommertag, und noch war kein Schiff in Sicht. Die Insel lag wie im Dornröschenschlaf. Einen herrlichen Blick hatte man von da oben auf den

Südhafen, das Nordostland, das Unterland und die Düne. Lustig, wie hier alles benannt wurde: Oberland und Unterland, der Rest geht nach Windrichtung. Ich schmunzelte in mich hinein. Hier ist wohl alles anders.

Ich hatte nicht gewusst, dass Helgoland eigentlich aus zwei Inseln besteht. Dem schönen roten Felsen und der weißen Düne, zusammen ein Kleinod. Alle Schönheiten auf kleinstem Raum. Der ‚Ayers Rock‘ in der Nordsee! Badeinsel, Hafen, Schwimmbad und sogar einen Fußballplatz haben die hier. Eine kleine Fähre verbindet die beiden Inseln. Ich schaute ihr nach und dachte, es ist noch genug Zeit bis zur Abfahrt.

Ob man um die Düne herumlaufen kann? Sie sah so einladend aus. Ein Strandspaziergang wäre jetzt genau das Richtige.

In ein Geschäft bummelte ich noch hinein und fragte die Verkäuferin: „Wie kommt man rüber auf die Düne? Und kann man einmal herumlaufen?"

Sie schaute tiefenentspannt über ihre halbe Lesebrille durch das Schaufenster auf die Düne und sagte: „Heute ist ein guter Dünentag. Davon gibt es nicht viele im Jahr. Fahren Sie mit der kleinen Fähre rüber, Sie können ganz um die Insel herumlaufen." Dann vertiefte sie sich wieder friedlich in ihre Arbeit.

Boot fahren macht Spaß, ich genieße das immer sehr. Selbst der kurze Weg von der Hauptinsel zur Düne. Der salzige Duft der Nordsee, das erfrischende prickelnde, klare Meerwasser. Was auf dem Wasser schnell fährt, kommt an Land einer Ente gleich. Super, diese Entschleunigung per Boot!

Am Wellensaum entlang laufend, suchte ich Muscheln, den roten Flint und alles, was meine Aufmerksamkeit erhaschte. Das Rauschen der Wellen ließ mich Zeit und Raum vergessen. Als würde man in eine andere Welt eintauchen, ganz bei sich selbst sein, Frieden finden, Ruhe genießen, auftanken. Das Meer wäscht den Staub von der Seele. Ein genießerischer Rundgang war das. Erstaunlich nah kamen ein paar Kegelrobben. Drollig schauten sie mich mit ihrer schläfrigen Gelassenheit an. Einen hohen Erholungswert hat die Düne, in kürzester Zeit schöpft man neue Kraft. Keine Ahnung, wie das geht, aber es funktioniert.

Mit dem festen Entschluss wiederzukommen, ging ich aufs Schiff. Das half beim wehmütigen Abschied sehr. Ich machte mir keine Gedanken, wie das gehen sollte. Der Urlaub war bereits ein Glaubensprojekt gewesen, wovon sollte ich sparen?

Ich wollte auf jeden Fall wiederkommen, nächstes Jahr hoffentlich. Wie ein verliebtes Hascherl saß ich auf dem Schiff, es hatte mich schwer erwischt. In meinem Herz bewahrte ich mein Helgolanderlebnis wie einen Edelstein. Wann war ich das letzte Mal so tiefenentspannt und erholt nach nur einem Tag?! Diese Erinnerung konnte mir keiner nehmen. Helgoland – das klang wie Musik in meinen Ohren.

Zurück in Cuxhaven, nahm mich das Ehepaar Hains wieder in Empfang. Sie waren fantastische

Gastgeber. Am liebsten hätte ich alles begeistert aus mir rausprudeln lassen, aber ich merkte ihre verhaltene Reaktion. Trotzdem entging ihnen nicht, dass es mich voll erwischt hatte.

„Das war schön, da will ich wieder hin", sagte ich.

„Naja, du kannst da ja Urlaub machen", brummelte er unwillig „Wir freuen uns, wenn wir dich wiedersehen."

Am nächsten Tag machte ich mich auf den Weg nach Hause. Die Helgolanderholung hielt noch lange an.

3

Der Urlaub ist vorbei,
der Alltag ist zurück

Über meiner Küchenspüle klebte meine Dünenfahrkarte. Beim Geschirrspülen glitt mein Blick darüber. Die Erinnerung und die Vorfreude umarmten sich in mir.

Während der Weihnachtsfeiertage versammelten sich meine Geschwister samt ihren Familien im Haus meiner Eltern. Es herrschte ein reger Austausch von Neuigkeiten. Wie groß die Enkel, Neffen und Nichten geworden sind und sonstige berufliche Veränderungen kamen auf den Tisch. Da ich mit vier Geschwistern gesegnet bin, braucht es einen recht großen Tisch.

„Erzähl doch mal von Helgoland", warf einer ein. „Du warst doch auf der Insel, oder?"

Meine Mutter strahlte übers ganze Gesicht.

„Helgoland, Helgoland", gluckste sie glücklich in die Runde. Ihre Augen leuchteten. Und sie hatte schöne große, braune Augen und dunkelbraune, lockige Haare. „Da wollte ich schon immer hin."

‚Wir verstehen uns', klang es in meinem Herz während sich unserer Blicke trafen.

„Ja, ich war da, und es war wunderschön. Da will ich auf jeden Fall wieder hin. Die nächste Möglichkeit, die ich bekomme, nehme ich."

Irritation bei meinen Geschwistern, sie konnten damit gar nichts anfangen.

„Ist das nicht so eine Felseninsel in der Nordsee? Was willst du denn da?"

Wieder trafen sich Muttis und meine Blicke, sie verstand mich.

„Ich will da wieder hin", legte ich nach.

Meine Familie nahm es zur Kenntnis, wenn auch mit Unverständnis.

„Da komme ich mit", gab mir Mutti Rückenwind.

„Auf keinen Fall", legte Vater sein Veto ein. „Warum denn nicht", warf meine Schwester dazwischen.

Ich schmunzelte in mich hinein und dachte: ‚Das könnt ihr alle vergessen. Da fahre ich allein hin.'

Es wurde Frühling, und die Tage wurden endlich länger. Mein Physioteam rockte die Abteilung mit Spaß an der Arbeit. Die gute Stimmung war bei uns chronisch. Das übertrug sich auf die Patienten, die es uns mit Schokolade dankten.

„Sucht Ihr noch Mitarbeiter?", flötete ein Patient auf dem Weg zu seiner Massagebank „Hier würde ich auch gerne arbeiten. Tolle Stimmung habt ihr hier."

„Es kann los gehen!", quiekte die Kollegin Nora mit ihrer piepsigen Stimme, die uns oft belustigte.

„Dann wollen wir Sie mal für ihre neue Arbeitsstelle bei uns fitmachen."

Der Therapiebereich bestand aus Kabinen, die oben offen waren. Es gab keine Privatsphäre, jedes Wort wurde mitgehört. Wir genossen das und spielten uns die Bälle zu. Die Kommentare waren köstlich, eine Atmosphäre, in der man gesunden konnte. Ich liebte diese Arbeit, ein praktischer Beruf mit Herz und Verstand. Die Mut machenden, helfenden Hände zu sein, immer neue Therapieformen zu lernen, helfen zu können, das machte mich glücklich.

„Du hast unserem Orthopäden letzte Woche einen ‚Heiße-Liebe'-Tee versprochen", erinnerte ich meine Kollegin scherzhaft. „Den wird er heute einfordern. Hast du denn noch so 'nen Früchteteebeutel?"

„Nö, habe ich nicht", klang es gleichgültig ‚und sie legte herablassend nach. „Der kriegt doch keinen ‚Heiße-Liebe'-Tee von mir."

Mittags auf dem Weg zum Pausenraum begegnete ich dem Orthopäden auf dem Flur.

„Ich gehe noch kurz zur Atemtherapie, ziehe einen Lungentorpedo durch, und komme danach kurz bei euch vorbei", kündigte er sich an.

Öffentliches Rauchen kommt als Arzt in einer Herzrehabilitation nicht gut an, schmunzelte ich in mich hinein. Deshalb versteckte er sich im Garten hinterm Haus. Wir hatten auch orthopädische Patienten, die er betreute. Sehr unterhaltsam war seine zugängliche Art. Meine Kollegin hätte ihn so gerne als Freund, aber er war bereits im reiferen Alter.

„Oh, warum kann er nicht 30 Jahre jünger sein",

jaulte sie schwärmerisch im Pausenraum. „Vom dem würde ich mir jedes Gelenk operieren lassen", piepste sie hingebungsvoll und verrollte genießerisch die Augen.

„Gibt es hier einen ‚Heiße-Liebe'-Tee?", kam es vom Doktor, der seinen Kopf durch die Tür steckte und geradewegs auf meine Kollegin blickte.

Verlegen und mit Herzchen in den Augen flötete sie: „Hmmm, den muss ich erst holen, aber Kräutertee hätte ich da."

„Ich will aber einen ‚Heiße-Liebe'-Tee", kam es siegessicher zurück. Flugs war sie aus der Tür und eilte nach dem Tee. – DER KRIEGT DOCH KEINEN HEIßE LIEBE TEE VON MIR – stand über unseren Köpfen geschrieben. Wir glucksten und schmunzelten den Doktor amüsiert an.

Die Mittagspause wurde unterhaltsam. Er kam aus Ungarn und brachte Dinge mit einfachen Worten auf den Punkt. In seinem Fach war er genial.

„Könnten Sie für uns eine interne Fortbildung einplanen? Sie erzählen uns über Schulter-, Knie- und Hüftprothesen, und wir könnten dazulernen", schlug ich vor.

Er schaute mich erstaunt an und sagte: „Habe ich Klebstoff unter den Füßen?", und schaute irritiert unter seine Birkenstocks. Er war noch in der Probezeit und nicht sicher, ob dies die richtige Stelle für ihn war.

„Hm, verstehe, aber wenn es so weit ist, dann bilden Sie uns weiter?", fragte ich.

Er fixierte mich mit seinen Blicken und betonte:

„Wenn! *Wenn* ich bleiben sollte, dann mache ich das."

Mein Auto musste wieder zum TÜV. Es gab eine Liste von Mängeln zu beheben und der Wiedervorstellungstermin stand auf dem allerletzten Gültigkeitstag, genau eine Woche vor dem 1. Mai. Wenn ich die Plakette dann nicht bekomme, bleibt das Auto stehen. Ich hasse diese ‚Deadlines"mit Schweißperlen auf der Stirn. Es war bis dahin noch eine Woche Zeit und mein Bruder Heinrich, der ein hervorragender Automechaniker ist, reparierte mir die Mängel. Nur der Wackelkontakt am vorderen Standlicht war reparaturresistent. Wer auch immer das reparierte ... kurze Zeit später war's wieder kaputt.

Für einen Nebenverdienst behandelte ich eine Patientin per Hausbesuch in einer anderen Stadt. Immer dienstags fuhr ich dorthin. Die Dame besaß einen herrlichen Humor und wir verstanden uns gut. Liebenswürdigerweise schrieb sie sogar meine Rechnung, damit war ich meinen eigenen Papierkram los. Sie besorgte das Rezept und wenn alle Termine stattgefunden hatten, brauchte ich nur noch die Rechnung quittieren. Das war wirklich klasse, ich kümmerte mich quasi um nichts.

An einem Dienstagmorgen kam die Arzthelferin Renate, die auch für die Planung der Therapie zuständig war, in die Physioabteilung: „Einer von euch muss zwei Wochen in den Urlaub gehen, wir haben zu wenig Patienten. So will es die Verwaltung."

„Nö", sagten meine Mitarbeiterinnen „die können uns nicht vorschreiben, wann wir in den Urlaub gehen." Keiner von ihnen wollte die Vorgabe erfüllen.

„Gut, dann gehe ich über den ersten Mai zwei Wochen in den Urlaub. Bei der Gelegenheit feiere ich meine Überstunden ab", sagte ich Renate zu.

Ich hatte mir, wenn auch als leitende Physiotherapeutin, auf die Fahne geschrieben, für meine Mitarbeiter in den ‚Riss zu treten', auch wenn das für mich nachteilig war. Dies zahlte sich im Team aus. Kollegialität war bei uns nicht nur ein Wort.

Während des Tages überlegte ich, was ich in den zwei Wochen machen möchte. Sofort fiel mir Helgoland ein. ‚Die nächste Gelegenheit nehme ich', kamen mir meine Worte wieder in Erinnerung. Aber mir fehlte das nötige Kleingeld.

Es war Dienstag, ein strammes Tagesprogramm wartete auf mich. Nach der Arbeit ging es wieder zum Hausbesuch. Als ich pünktlich durch die Haustür meiner Privatpatientin kam und ins Wohnzimmer eintrat, lag auf dem Tisch eine vorbereitete Rechnung und ein paar Hunderteuroscheine.

„Ich habe mir erlaubt, dir die Rechnung in bar zu begleichen. Ich war eh bei der Bank, das bot sich an. Quittiere es bitte, nimm das Geld, damit wir anfangen können", sagte sie zügig und bereitete sich für die Behandlung vor.

„Oh, mein Helgolandgeld", flötete ich freudig. „Ich fahre nach Helgoland. Das ist mein Urlaubsgeld!"

„Na dann passt das ja", stimmte sie zu. „Alles ‚just in time'!"

Nach dem langen Arbeitstag schlurfte ich zu

meinem Auto. Wie freute ich mich auf meine Sehnsuchtsinsel. Einsteigen, Musik ganz laut. Da wird das Auto zur Party-Box. Ich genoss die Rückfahrt und sang für meinen Gott, was die Stimme hergab. Mir musste keiner sagen, dass ich dankbar sein sollte. Ich war es von ganzem Herzen!

Am nächsten Abend suchte ich im Internet nach Übernachtungsmöglichkeiten und wurde fündig. Ein Vermieter sagte mir telefonisch zu: „Das machen wir einfach so. Sie reisen an und klingeln an meiner Tür." Kein Vertrag, keine schriftliche Zusage, nichts. Ich schlug ein.

Am letzten Arbeitstag vor dem Urlaub fragte mich Nora, während wir uns beide die Hände wuschen: „Wie machst du das mit dem TÜV? Fährst du erst dahin und danach direkt auf die Autobahn? Wenn das Auto nicht durch die Prüfung kommt, wie willst du dann nach Helgoland kommen? Hast du einen Plan B?"

„Nein, kein Plan B. Es muss alles rundlaufen. Das Auto ist gepackt", entgegnete ich.

„Und wenn dein Auto nicht durch den TÜV kommt? Was machst du dann?"

„Dann fällt die Helgolandreise ins Wasser", antwortete ich, während mir selbst klarwurde, wie sehr die Reise von der TÜV-Plakette abhing.

Mein Urlaubsschein war von der Verwaltung nicht unterschrieben worden, weil man sich dort wieder frühzeitig ins Wochenende verabschiedet hatte.

Eigentlich konnte ich nicht fahren. Aber was sollte ich machen? Schließlich hatten die mich in den Urlaub geschickt.

Ab ins Auto, die Zeit war knapp und der Weg noch lang. Der TÜV-Prüfer arbeitete die Mängelliste ab. Hoffentlich geht das Standlicht an, betete ich direkt zum Himmel. Wenn das Ding jetzt einen Wackler hat, war's das. Der Prüfer setzte sich ins Auto und testete Blinker, Licht und Scheibenwischer. Er nickte und machte einen Haken auf seinem Protokoll. Das Licht funktionierte!

‚Yippi yeah', dachte ich und setzte eine coole Miene auf. Besser nicht auffällig freuen, sonst schaut er genauer nach – nicht gut!

Erlösend wie Regen in der Wüste kam die Plakette an ihren Platz.

4

Zweiter Urlaub auf Helgoland

Ab auf die Autobahn Richtung Norden und dann immer geradeaus.

Ankunft in Cuxhaven, direkt aufs Schiff, raus aufs Meer. Ich schloss die Augen und atmete die frische, salzige Meeresbrise tief ein. Wie erfrischend und belebend! Die Wellen schäumten am Bug auf. Das Rauschen des Meeres, dieses Gefühl von Freiheit und Weite, dem ungezähmten Meer ausgeliefert sein, getragen von den Wellen, die mit dem Schiff spielten, als sei es ein Spielzeug. Der Wind und das Meer scheinen eine lebenslange Ehe zu führen. Der unverwechselbare böige Nordseewind, so ungestüm und wild. Ich fühlte mich begrüßt, als mir eine Böe einen Stups gab wie ein freundschaftliches Schulterklopfen. „Hallo, auch wieder da?"

Warum fühle ich mich unter den Nordlichtern so wohl? Eigentlich komme ich aus dem Mittelgebirge, einem abgelegenen kleinen Dorf in der hessischen Rhön. Weder kenne ich mich mit Fischen noch mit Nautik aus.

Das Wasser wurde klar, nun war es nicht mehr weit, bis der rote Felsen aus der Nordsee auftauchte.

Zwei Wochen, ein Traum! Hoffentlich bleibt die Zeit stehen.

Aber diesmal dauerte es eine ganze Woche, bis ich abschalten konnte. Meine Gedanken kreisten um Widrigkeiten und Ärgernisse in der Klinik wie aufgescheuchte Bienen um ihren Korb, die sich nicht beruhigen wollen. Erst nach vielen Strandspaziergängen und Inselumrundungen kam mein Gedankenkarussell zum Stillstand. Endlich ist da oben Ruhe, dachte ich gefrustet, während ich auf der Nordostmole vor dem Kurmittelhaus spazieren ging und aufs Meer schaute. Erst jetzt begann der Urlaub und davon war nur noch eine Woche übrig.

Ich verdrängte den Wunsch, auf der Insel bleiben zu können. Wie ein Magnet klebte ich am roten Felsen und wollte mich nicht lösen lassen. Raus aus der Tretmühle, ganz abgeschaltet, wie gut das tat! Die anderen tragen jetzt die Verantwortung und ich genieße das. Völlig egal, was da gerade schiefläuft, ich bin raus. Wie eine tote Telefonleitung. Endlich entspannt!

Da klingelte mein Handy, es war die Klinik. Oh nein!

Wie konnten die es wagen, mich im Urlaub anzurufen?

Noch nicht abgenommen, brannte ich vor Wut. Weg ist die Ruhe, als wäre sie nie da gewesen.

„Hallo", sagte ich genervt.

„Entschuldige, dass ich in deinem Urlaub anrufe, aber hier ist die Hölle los", rief Nora verärgert ins Telefon. „Die Verwaltung tobt wegen dir, das Poltern hören wir bis in die Bäderabteilung. Dein Name fällt mit lautem Schimpfen im Büro. Dr. Jansen ist auch sauer. Da läuft was gegen dich, du musst da unbedingt anrufen."

Dramatisch schilderte sie das Geschehen und mir war sofort klar, wer dahintersteckte. Das hatte Renate gut eingefädelt. Mich in den Urlaub schicken und der Verwaltung das Gegenteil erzählen, wie ich ihre Intrigen hasste! Kaum drehte man sich um, schon flogen die Messer. Der Ärger zerriss mich und wieder kämpfte ich mit meiner Wut.

„Weißt du, was konkret los ist? Worüber sie verärgert sind?", fragte ich.

„Nee, mit uns redet keiner. Wir konnten alle keine Infos rauskriegen. Du musst anrufen! Am besten, du meldet dich bei Dr. Jansen, danach sag uns sofort Bescheid, was hier läuft!"

„Gut, mache ich. Und danke für den Anruf, ich melde mich."

Kurz atmete ich durch, schaute aufs Meer und realisierte, dass es eine Woche gedauert hat, bis ich den Klinikstress los war, und es nur einen Moment brauchte, um die Erholung wie einen Luftballon platzen zu lassen. Ich kochte vor Wut und wählte die Nummer des Chefarztes Dr. Jansen.

„Was haben Sie sich dabei gedacht", tönte es genervt aus meinem Handy. „Sie können nicht Urlaub machen, wann sie wollen! Wer hat das genehmigt? Wo ist der Urlaubsschein? Sie können doch nicht eigenmächtig fernbleiben!"

„Seit wann brauche ich einen Urlaubsschein für

abzufeiernde Überstunden?", fragte ich zurück.

Stille! Dann platzte es aus mir heraus. Ich konnte die Pferde nicht mehr zurückhalten. Gefühlte zehn Minuten ließ ich meinem Ärger freien Lauf, völlig ungefiltert und abgrundtief ehrlich. Nichts hielt ich zurück. Es kam nur so aus mir herausgeschossen. Eins zu eins, genauso wie ich es empfand. Am Ende entschuldigte ich mich für meinen ungehaltenen Ton und sagte entschieden.

„Wenn Sie jetzt nicht auf den Tisch hauen, bleibe ich hier, und Sie können Ihre Arbeit allein machen!"

Stille in der Leitung.

Er kannte mich gut genug, um zu wissen, dass ich zu meiner Aussage ernsthaft stand.

„Ich rufe Sie gleich zurück", kam es geladen mit der Autorität eines Chefarztes, der ebenfalls tat, was er sagte. Er legte auf.

Ich stand auf der Mole. Der fegt jetzt den Laden zusammen, das wusste ich genau. Jetzt gibt's Ärger in der Klinik.

Was habe ich da eben im Affekt gesagt? „Wenn Sie jetzt nicht auf den Tisch hauen, bleibe ich hier, und Sie können ihre Arbeit allein machen", kamen mir meine eigenen Worte wieder hoch.

‚Du kannst unmöglich das eine tun und das andere sagen', hielt ich mir selbst vor. Also muss ich jetzt auch tun, was ich angedroht habe.

Ich drehte mich um und lief direkt ins Kurmittelhaus. Die Tür stand offen. Ich fragte nach der Physiotherapieabteilung ‚und ein Mann in weißen

Arbeitsklamotten begrüßte mich.

„Braucht ihr vielleicht zufällig eine Physiotherapeutin?", fragte ich geradewegs.

„Da haben Sie aber Glück", entgegnete er mir mit einem verblüfften Gesichtsausdruck. „Nur selten kommt der Chef auf die Insel, aber heute ist er zufällig da. Kommen Sie rein, dann können wir reden."

In einem Behandlungsraum führten wir ein recht entspanntes Gespräch über Fortbildungen, Arbeitsabläufe, Vergütung, das übliche eben. Abschließend meinte er: „Wir sollten uns in zwei Tagen noch einmal auf einen Tee treffen, Sie sind sicher noch ein paar Tage auf der Insel. Jetzt muss ich zum nächsten Patienten. Sagen wir übermorgen oben am Aufzug gegen 16:00 Uhr?"

„Gut, ich werde da sein. Bis übermorgen."

Draußen vor der Tür realisierte ich, wie schnell sich das Leben ändern kann. Nun könnte es sein, dass ich diese Stelle wirklich bekomme. Damit hatte ich nicht gerechnet, war ich doch nur aus Konsequenz hingegangen. Nicht einen Gedanken daran, dass es klappen könnte. Mein Herz begann mit meinem Kopf zu diskutieren.

‚Gerne würde ich hierbleiben', schwärmte mein Herz und ‚Du hast Verpflichtungen!', antwortet mein Kopf.

Mein Handy klingelte, es war Dr. Jansen.

Oh, den hätte ich fast vergessen. Wie gut, dass er nicht während des Vorstellungsgespräches angerufen hatte.

„So, hier ist jetzt Ruhe", kam es geladen aus dem Hörer, „und glauben Sie ja nicht, dass Sie auf Ihrer Insel bleiben können! SIE KOMMEN SCHÖN WIEDER ZURÜCK!", betonte er genüsslich jeden Buchstaben.

„Ja, mache ich. Bis nächste Woche."

Eine Weile blieb ich noch vor dem Kurmittelhaus stehen. Hm, was jetzt? – Ganz ruhig, versuchte ich mich zu beruhigen. Es fällt kein Vogel vom Himmel, ohne dass es mein Vater weiß, und er kennt die Anzahl der Haare auf meinem Kopf. Wie viel mehr weiß er jetzt um mich! Die Worte ziehen wie Friedenswolken durch meine Seele und beruhigen mein aufgeschrecktes Nervenkostüm, wie die Nordsee nach einem Sturm wieder still wird.

Das eine habe ich jetzt angeleiert und das andere zugesagt. Ganz langsam, ein Schritt nach dem anderen. Zurück gehe ich sowieso erst mal, das ist ja klar.

Auf den Tee mit dem Physiotherapeuten war ich gespannt. Ob ich die Stelle wirklich bekomme? Ist es wirklich eine Option, nach Helgoland zu ziehen? Das wäre ja genial!

Von Entspannung und Ruhe wollte ich plötzlich nichts mehr wissen. Viel zu aufgeregt war ich, wie ein quietschvergnügtes Kind auf einem Kinderkarussell, das sich an der Mähne vom Pferd festhält, damit es nicht aus der Kurve gewedelt wird. Es könnte sein, dass die Karten neu gemischt werden, damit hätte ich einen neuen Start. Veränderung ist zwar eine Herausforderung, aber jeder Neuanfang ist ein Abenteuer. Und mein Bedarf an Abenteuer war noch lange nicht gedeckt.

Und jetzt blieb die Zeit doch noch stehen, wie gewünscht. Es dauerte eine gefühlte Woche, bis der eine Tag verging. Ich nahm das nächste Boot zur Düne. Ein langer Strandspaziergang war jetzt das Richtige. Himmel, Strand, Wind, Meer und ein Blick auf den roten Felsen, an dem ich so klebte.

An einem windstillen, sonnigen Plätzchen kuschelte ich mich ein und überlegte, ob ich wirklich hier wohnen möchte. Mein Blick schweifte wieder über das weite, wunderschön entspannende Blau der erfrischend prickelnden Nordsee.

„Das Meer ist dein Meisterwerk", betete ich still zum Schöpfergott. „Du musst herrlich sein, da das deine Unterschrift ist. Ich weiß nicht, ob du mich hier haben willst, Vater."

Ich streckte meine Arme hoch zum Himmel wie ein vertrauensvolles Kind.

„Meine Situation lässt einen Umzug nicht zu. Ich habe einen Miet- und Arbeitsvertrag unterschrieben, Freundschaften aufgebaut, Zusagen gegeben und habe einen Platz in dieser wunderbaren Freikirche gefunden. Eingepflanzt wie ein Blümchen bin ich, verästelt mit der Wurzel in der hessischen Erde. Wenn du mich hier haben willst, dann muss du mich umpflanzen. Am besten du nimmst die ganze Sache gleich ganz in deine Hand."

Damit hatte ich alles abgegeben. Jetzt hieß es ihm zu vertrauen. Genauer gesagt, zu glauben, egal wohin die Reise geht. In Gedanken zählte ich meine

Verpflichtungen und die vielen Menschen, die mich in ihrem Leben fest eingeplant hatten und ich meines in ihrem.

Wie soll ich da herauskommen? Das geht nicht! Das kann ich nicht!

Aber bei Gott ist kein Ding unmöglich. ‚Jetzt ist es seine Angelegenheit, ich weiß nicht, ob er mich auf die Insel verpflanzen will oder ich doch nur Urlauber bleibe. Harre ich den Dingen, die da kommen und genieße den wilden Ritt durchs Leben.'

Im Meerwasserfreibad tauchte ich ab und planschte vergnüglich durch meinen Urlaubstag, bis es endlich so weit war. Wir trafen uns am vereinbarten Treffpunkt und gingen in ein Café.

Seine erste Frage war: „Wie finden Sie die Insel? Fühlen Sie sich hier wohl?"

Mir war sofort klar, dass die Arbeitsstelle flöten ging, wenn ich jetzt etwas Negatives sagte.

„Ich fühle mich hier sehr wohl", gluckste ich fröhlich und erzählte von meinem ersten Urlaub auf der Insel.

Er kam ins Plaudern und berichtete, er sei als Soldat auf die Insel gekommen und geblieben.

„Der Winter ist nicht einfach. Wenn Sie den überstanden haben, dann sehen Sie es vielleicht anders. Da muss man aufpassen, dass man nicht vereinsamt", sagte er leise und zurückhaltend.

„Als Physiotherapeut? Da hat man doch täglich zwischen zwanzig und vierundzwanzig Patienten, wie soll man da vereinsamen? Abends bin ich eher froh, wenn ich nicht reden muss. Kann mir das in anderen Berufen vorstellen, aber nicht als Physiotherapeut", entgegnete ich nachdenklich.

Er klopfte meine Fähigkeiten im Fachbereich Orthopädie und Chirurgie ab, fragte nach meiner momentanen Arbeitssituation und tastete sich vorsichtig durchs Gespräch. Recht ruhig und sensibel trat er auf, er hatte als leitender Physiotherapeut kein autoritäres Auftreten. Er war entspannt und ließ mich wissen, dass die momentane Situation im Kurmittelhaus von Veränderung gezeichnet war. Eine verbindliche Zusage konnte er mir nicht geben, aber es könnte was werden, je nachdem wie sich die Dinge momentan entwickeln würden.

Konkreter wurde er verständlicherweise nicht. Irgendwie eine Pudding-Aussage, nicht fest – nicht flüssig. Ich nahm das einfach als gegeben hin und entgegnete, dass mein Arbeitsvertrag ebenfalls auslief und ich nicht wisse, ob mir ein neuer Arbeitsvertrag angeboten würde.

Vorbei die Zeiten der unbefristeten Arbeitsverträge. Das war mal üblich. Ist noch gar nicht so lange her. Die wirtschaftliche Situation in Deutschland hat sich verändert. Die Arbeitgeber nehmen sich auf dem Festland immer mehr Rechte heraus, während die Arbeitnehmer sehen können, wo sie bleiben. Der langsame Verfall von Sitten und Moral paart sich mit Geldgier. Daraus entsteht nichts Gutes, realisierte ich über die wirtschaftliche Veränderung im Land.

Helgoland scheint ein eigenes Biotop zu sein, das

Veränderungen nicht gerne mag. Das war mir so ungeheuer sympathisch. Überhaupt erwischte ich mich immer mehr, dass ich meine rosarote Brille aufsetzte, wenn es um die Helgoländer ging. Ihnen vergab ich ziemlich alles, obwohl ich sie nicht kannte.

Ich genoss die Unterhaltung und ließ den Dingen ihren Lauf. Irgendwann war es an der Zeit zu gehen. Ich begnügte mich mit dem offenen Resultat. Wir liefen noch ein paar Schritte zurück zum Treffpunkt.

„Ich muss jetzt da lang", wies mit dem Zeigefinger auf einen kleinen Weg zwischen den Häusern. „Wie verbleiben wir jetzt?", realisierte er, dass wir nichts Konkretes festgemacht hatten.

„Och, ich schlage vor, wir gehen das ruhig an. Vielleicht ergibt sich in der momentanen Veränderung eine Arbeitsstelle für mich, ich schicke ihnen meine Bewerbung zu. Bei mir wird sich ebenfalls abzeichnen, wie es weiter gehen wird. Lassen Sie uns in Kontakt bleiben. Vielleicht fügt es sich, dann werde ich auf jeden Fall kommen. Wenn nicht, dann eben nicht."

„Gut, dann machen wir das so, bitte senden Sie mir Ihre Bewerbungsunterlagen. Ich werde mich darum kümmern", antwortete er mit einem friesischen Nicken. Erst dann tauschten wir Namen und Telefonnummer aus. „Ich heiße Fritz."

„Und weiter?" „Fritz Schröder."

Wir verabschiedeten uns mit einem Nicken – ganz friesisch.

Ich blieb noch eine Weile allein an der roten Mauer auf dem Felsen stehen und blickte auf die funkelnde

Nordsee.

„Das wäre ganz schön klasse, hier wohnen zu können", quietschte ich fröhlich vor mich hin.

Es wird wohl besser sein in der nächsten Zeit nicht so schwärmerisch von Helgoland zu erzählen. Nur zu wirklich guten Freunden, die wasserdicht sind. Für alle anderen wende ich die Ententechnik an, dachte ich. Wie eine Ente auf dem See, die oben ganz ruhig und gelassen schwimmt, als ob nichts sei, aber unter Wasser unmerklich paddelt. Leise, langsam und ruhig aus der Szenerie verschwindet und plötzlich abtaucht, wie ein U-Boot. Schwups, weg! Wer weiß schon, wo sie wiederauftaucht? Mir gefällt die Ente. Niemand hält sie für etwas Besonderes. Sie ist eben eine ganz gewöhnliche Ente. Aber sie kommt überall zurecht, sie kann fliegen, schwimmen und tauchen. Wie der Mercedes-Stern drei Zacken hat. Er steht für ‚Zu Wasser, zu Land und in der Luft'. Aber eine Ente braucht dafür keine technischen Hilfsmittel, sie ist dafür gemacht! Sie schwimmt auf dem Meer, taucht ab, fliegt weg und watschelt lustig an Land.

Ich kann das jedenfalls nicht, aber durch die Verbindung mit Gott kann ich fliegen. Da bin ich frei! Mal sehen, wohin die Reise geht, für eine Entscheidung ist es zu früh. Es wird sich herauskristallisieren. Meinen Wunschzettel hatte ich bereits abgegeben.

Die letzten Urlaubstage genoss ich in vollen Zügen. Zwei Helgoländer Teenager luden mich zum Angeln an der Nordost-Mole ein und erzählten mir von großen Fischen, dem Sammeln von Bernstein, die sie verkauften und von ihrem Leben auf Helgoland. Keine Autos, keine Fahrräder, kein Lärm, jeder kennt jeden. Manche sind verwandt miteinander oder kennen sich seit dem Kindergarten.

„Ein Leben im Glashaus oder sogar direkt unterm Brennglas", werfe ich ein. „Ist das nicht nervig, wenn man nicht, wie in der Stadt, in die Anonymität abtauchen kann? Stell dir vor, eine Fünf in Mathe weiß drei Stunden später jeder. Dein Klassenkamerad oder Nachbar wird später dein Chef oder dein Mitarbeiter und die ganze Insel kennt deine Jugendsünden. Deine Exfreundin ist die Schwester deines Freundes und verkauft dir morgens beim Bäcker die Brötchen. Oder man ist über jemand verärgert, und er läuft dir mehrmals an dem Tag über die Füße, und wenn man den Ärger jemanden erzählt, ist das zufällig seine Tante. Toll! Fettnapf, ich komme! Platsch, mitten rein!"

„Naja", kam es mit friesischer Gelassenheit „sieh das mal eher wie in einer Großfamilie", er hielt seine Angel wieder ins Wasser und schaute nachdenklich zu mir rüber. „Es hat alles Vor- und Nachteile. Hier liegt niemand Monate lang tot in der Wohnung, wie auf dem Festland, weil es keiner merkt. Einander helfen ist eine Selbstverständlichkeit. Hier geht es ehrlich und direkt zu, das musst du abkönnen. Aber das macht das Leben leichter." Er zog die Augenbrauen hoch „Viel leichter! Das stellst du erst fest, wenn du hier wohnst. Von dem trocknen Humor abgesehen, genießen wir ein gemächliches Leben und reden noch miteinander. Geht doch nichts über einen schönen norddeutschen Schnack. Von der Anonymität musst du dich hier verabschieden. Und denk dran, die Suppe wird nie so heiß gegessen, wie sie gekocht wird."

‚Er hat recht', dachte ich. Man hat eben entweder das Eine oder das Andere. Entwaffnend ehrlich berichtete er von Beziehungen, Streitigkeiten, Schwimmen mit Kegelrobben, Segeln, Schule und zog seine Angel aus dem Wasser.

„Leer, lass uns an eine andere Stelle gehen, vielleicht beißen sie da besser."

Wenn auch die Zeit für mich angehalten wurde, irgendwann war der Urlaub zu Ende. Schmerzlich war der Abschied, sehr schmerzlich. Gar nicht gerne lief ich zum Schiff, widerwillig sträubte ich mich, die Insel zu verlassen. Zurück in den Klinikstress, der in völlige Vergessenheit geraten war. Wie gestresst und genervt war ich hergekommen. Und jetzt? Wieder tat mir die Zeit hier gut, heilte meine Wunden und beerdigte meinen Kummer.

Der Kapitän warf den Motor an, der Anker wurde gelichtet, die schwere Kette ratterte laut, das Schiff setzte sich Richtung Cuxhaven in Bewegung, wo mein Auto stand. Eine lange Fahrt durch die Nacht bis ins hessische Mittelgebirge wartete auf mich. Auf dem Achterdeck klebten meine Augen am Felsen, bis er in der Nordsee versank.

Den Schmerz tat ich mir an, das musste sein. Ich will nicht nach Hause, nein, ich will nicht, aber ich muss, die Pflicht ruft. Bis hoffentlich bald, geliebtes

Helgoland! Bewahre mein Herz gut auf. Wenn ich wiederkomme, hole ich es mir wieder zurück.

Im Auto drehte ich klassische Musik voll auf. Klänge, die meine Seele streichelten, trugen mich zurück nach Hessen. Mein roter Golf hatte ein Glasschiebedach. Ich kippte es so, dass der Duft der Nordsee mich noch einige Kilometer begleitete. Ab Hannover roch die Luft nach Heide und in Hessen kam der heimatliche Wald mit kalter trockener erdiger Luft. Moos, Quell, Erde, Holz, Tanne ... ja, hier sind meine Wurzeln in der Erde vergraben, hier komme ich her, das steckt in jedem Menschen drin. Da kann man nicht gegen an.

Dennoch, der Duft riss es nicht raus.

Ich wollte nicht mehr hier sein.

5

Klinikalltag

Mit nur vier Stunden Schlaf nahm ich am nächsten Morgen meinen Platz in der Klinik wieder ein. ‚Meine Mädels', wie ich mein kleines Team liebevoll nannte, freuten sich, als ich wieder am Start war. Fröhliches Lachen durchdrang unsere Bäderabteilung im Kellergeschoss, wo man nur die Grasnarbe sah, wenn man aus dem Fenster schaute. In vielen Kliniken sind die Physiotherapeuten die Kellerkinder. Im Winter schön warm und im Sommer angenehm kühl, aber immer nur künstliches Licht.

Diese Mischung aus Massageöl, Schweiß, Desinfektionsmittel und Deo, gepaart mit konstantem Gequassel riss mich zurück ins wirklich wahre Leben. Mein kleines Team tat mir gut.

„Warum freust du dich nicht, dass du wieder da bist?", fragte Nora, die eine sehr feine Antenne für Stimmungen und Befindlichkeiten hatte. Sie bekam jede Kleinigkeit mit, vor ihr war nichts sicher. Sie merkte jede Veränderung zuerst und die anderen wussten das.

„Ach, ich bin gestern nach Mitternacht zurückgekommen, mir fehlt 'ne Mütze voll Schlaf. Das war eine lange Reise. Erst das Schiff, dann die lange Autofahrt. Heute Abend falle ich früh ins Bett und mache Matratzenhorchdienst."

Wie könnte ich diese jungen Frauen hängen lassen? Sie waren jung im Beruf, und ich hatte schon gute zwanzig Jahre hinter mir. Wie verschieden sie waren.

Karin, die Jüngste, war in ihrem ersten Berufsjahr. Mit ihrer stattlichen Größe von 1,80 m konnte sie uns überblicken. Ihre blonden schulterlangen Haare waren leicht orange von Natur aus. Das sah einzigartig aus, besonders weil sie helle grüne Augen hatte. Sie war kaum geschminkt. Allein die schwarze Wimperntusche sah bei ihr durch ihre helle weiße Haut kontrastreich aus. Eine sportliche hübsche Frau mit einem gesunden Selbstbewusstsein, die man nicht übersehen konnte. Sie blickte schnell hinter die Kulissen und durchschaute die Dinge. Ihre erstaunliche Reife stand im komödiantischen Gegensatz zu ihrer Tollpatschigkeit, die uns in brüllendes Gelächter versetzte, wenn sie wie ein Clown über die eigenen Füße stolperte „Oh ich Tollpatsch", drang es durch die Therapieabteilung. Lachen kam aus jeder Ecke.

„Na? Füße zu groß?"

„Oh nee, wie peinlich! Ähm, der Nächste bitte. Ich könnte schon wieder im Boden versinken."

Silke, unsere Naturschönheit, war nie geschminkt, hatte die langen blonden Haare schlicht im Nacken von einer Spange zusammengehalten und klare hellblaue Augen. Mit 1,65 m war sie genauso groß wie Nora. Schlank, sportlich, hatte nur eine schlichte enge

Halskette aus weißen Steinen an und hielt nichts von Schmuck und Mode. Sie brauchte das auch nicht. Sie besaß einen glasklaren, gesunden Menschenverstand und konnte schweigen wie ein Grab. Ihre große Schlagkraft lag in ihrer genauen Beobachtungsfähigkeit und ihrem Pokerface, was keine Informationen preisgab. Aber wenn sie sich sicher fühlte, dann kam sie mit wenigen Worten auf den Punkt und traf den Nagel auf den Kopf.

Nora, unsere blonde, flippige Granate war mit einer Idealfigur beschenkt und konnte futtern wie ein Pferd, ohne Konsequenzen. Sie hatte alles an der richtigen Stelle und setzte das auch bewusst in Szene. Make-up, Schmuck, enge Kleidung waren ein Muss. Wasserstoffblonde schulterlange Haare, mit Glätteisen gestylt und mit viel schwarzem Kajal um die Augen, kam sie morgens durch die Tür. Mit ihrer hohen, hellen Stimme haute sie so manchen Knaller raus. Wenn sie im Urlaub war, fehlte sie uns im Team. „Kann mich nicht irgend so ein reicher Knilch heiraten? Dann gehe ich mit seiner Kreditkarte Hardcore-Shoppen, fahre mit seinem Ferrari Schuhe kaufen, gehe zur Kosmetikerin und zum Friseur", piepste sie wie eine kleine Prinzessin durch die Bäderabteilung.

Meine Devise war: keine erzieherischen Maßnahmen! Jeder macht das, was er am besten kann und alles was keiner will, sammele ich ein. Ich schaute mir das von Jesus ab. Er wusch seinem engsten Team die Füße und nicht den Kopf. Das muss funktionieren, dachte ich mir und machte es einfach nach. Ich übertrug es in den Alltag und war erstaunt, wie gut das funktionierte, wenn Patienten wie Fußbälle hin- und her geschossen wurden.

„Den kannst du behandeln." „Nö, den nehme ich nicht. Kannste selber machen. Der nervt!" Dann übernahm ich den Patienten bereitwillig, ohne zu maulen. Es dauerte nicht lange, dann hörte sich der Dialog schon ganz anders an. „Gut, übernehme ich, wenn du den für mich machst." „Gut, dann tauschen wir."

Und wenig später kehrte eine Hilfsbereitschaft und Kollegialität füreinander ein, die sogar mich überraschte.

So ist das mit Jesus. Wenn man tut, was er sagt, dann klappt es, aber es dauert und man muss dranbleiben. Es fühlt sich an, wie gegen den Strom zu schwimmen.

Die Mittagspause kam und meine Mädels wollten wissen, wie es im Urlaub war. Ich erzählte verhalten und wich auf das Telefonat mit dem Chefarzt Dr. Jansen aus. Mein kleines Geheimnis behielt ich für mich.

„Du bist irgendwie verhalten und nicht so richtig anwesend", bemerkte Nora mit ihrer feinen Antenne. „Was liegt dir auf der Seele? Du hast doch was? Wo ist dein freimütiges Lachen geblieben?", tastete sie sich wie ein Detektiv vor. „Dir hat es da gut gefallen, oder?"

„Ja, jedes Mal tut mir die Insel gut. Es ist eine andere Welt. Die ticken da oben im Norden völlig anders. Vor allem gehen die Uhren langsamer. Habt ihr meine Urlaubskarte bekommen?", lenkte ich sie vom Thema ab, bevor sie mir auf die Schliche kam.

„Ja, die ist angekommen", schmetterte mir Silke entgegen. „Du hättest dran denken sollen, dass die Verwaltung sie auch liest. Sätze wie ‚Herrlich hier, Schiffe sind weg, keine Möglichkeit zurückzukommen, viel Spaß bei der Arbeit euch', haben in der Verwaltung eingeschlagen wie eine Bombe. Zumal dein Urlaubsschein nicht unterschieben war, und dich die Renate aus der Terminplanung bei der Verwaltung angeschissen hat, direkt nachdem sie dich in den Urlaub geschickt hat. Das hat gepasst wie Arsch auf Eimer."

Genüsslich lachte ich über meinen Fauxpas. „Das tut der Verwaltung gut, sie sollen wissen, dass wir keine Leibeigenen sind und pünktlich unser Gehalt zahlen", schlug ich den Ball zurück. „Sie haben mir bis heute keinen Arbeitsvertrag ausgehändigt. Wahrscheinlich ist seit Jahren der Drucker kaputt, und sie haben es nicht einmal bemerkt", verdrehte ich abschätzig die Augen.

Karina stand vom Stuhl auf. „Du bist jedenfalls wieder zurück, und unser Dreamteam ist wieder komplett", und machte einen Fingerzeig auf die Uhr. „Es ist Zeit, wir müssen wieder los."

Auf irgendeinem Klinikflur kam mir Dr. Jansen entgegen. „Na? Wieder zurück?", begrüßte er mich mit einem siegessicheren Lächeln.

„Ja, ich bin wieder da", nickte ich und ging brav bei Fuß.

„Wo waren Sie denn? Sie sehen sichtlich erholt aus, und das in so kurzer Zeit?"

„Mitten in der Nordsee unter den Nordfriesen, wo sonst kann man glücklich sein?"

„Ich bin Hamburger", entgegnete er stolz „Nech, dort ooben wiierd üüber den sspitzen Sstein gesstolppert", machte er den norddeutschen Dialekt nach und gab ehrlich zu, wie sehr ihm der Norden fehlte. „Wir machen jedes Jahr Urlaub an der Nordsee, dass muss sein." Und husch, war er im nächsten Patientenzimmer verschwunden.

6

Familienleben

Am Wochenende fuhr ich zu meinen Eltern in die Rhön. Meine Mutter freute sich über meinen Besuch mehr als ihre beiden irischen Setter, die mich an der Tür begrüßten.

„Nimm mich mal in den Arm, damit mein Herz wieder warm wird", sagte sie und umarmte mich wie es nur meine Mutter kann. „Komm, wir decken den Tisch und trinken einen heißen Kaffee. Wecke mal den Vater, der macht noch seinen Mittagsschlaf und dann erzähle uns von Helgoland. Ich kann es kaum erwarten."

„Gibt es hier Kaffee?", steckte Vati seinen Kopf durch die Tür „Ich habe da doch was klappern hören? Gibt's auch Kuchen oder Schokoladenkekse?"

Er hob den rechten Arm und das linke Bein in die Luft, machte lustige Grimassen und tanzte mit ulkigen Tanzschritten zu seinem Stuhl.

„Kommt da noch was rein?", zeigte er mit dem Finger in seine Kaffeetasse.

Mutti goss ihm ein.

„Umrühren, bitte!", erhob er scherzhaft den Zeigefinger und ließ sich wohlig in seinen gepolsterten Stuhl fallen. „Ach, zu Hause ist es doch am schönsten.

Wie schön ist dieses Stückchen Erde", flötete er Mutti zu, während er seinen Blick durch das Esszimmerfenster über die Berge gleiten ließ, als würden sie ihm gehören.

„Anke war auf Helgoland im Urlaub", machte sie eine Ansage „und das eine sag ich dir. Da fahren wir auch hin!"

„Och Mutti, was will ich denn da? Da ist es kalt. Das Meer mag ich nicht, da kommt 'ne Welle und dann biste futsch. Das kann hier nicht passieren."

„Ich mache es kurz", unterbrach ich die beiden „Mein Herz klebt an dem roten Felsen, ich kriege es nicht mehr ab. Und wenn ich die Chance bekomme dorthin zu ziehen, dann stürze ich mich darauf wie ein Löwe auf die Beute. Dann frage ich nicht mehr, dann bin ich weg! Mutti, du besuchst mich doch, oder? Morgens frühstücken wir mit Blick aufs Meer, gehen schwimmen, schauen den Basstölpeln beim Fliegen zu und fahren mit einem Boot um die Insel. Wir werden auf der Düne leckeren Fisch essen und im Strandkorb in der Sonne liegen. Der Wellensaum lädt uns zum Muscheln suchen ein und der Wind pustet uns eine hübsche neue Frisur. Mutti, da gibt es ein rundes rotes Ferienhäuschen, niedlich, mit Platz genug für zwei. Da macht ihr Robinsonurlaub. Papi, da wird die Mutti wieder jung, dann kannst du dich warm anziehen."

Mutti nahm mich glücklich in ihren Arm, schaute mir direkt in die Augen und sagte mit fester Stimme: „Das machen wir. Versprochen!"

Am Sonntag war ich zum Kindergottesdienst für die 9- bis 14-jährigen Jungen eingeteilt.

„Seid ihr glücklich?", fragte ich meine Sonntagsschulkids und gab jedem Jungen ein leeres Blatt, auf dem jeweils nur ein Name eines anderen Jungen stand. „So! Jeder von euch sucht sich ein ruhiges Plätzchen und schreibt auf, was er an der Person gut findet. Wenn ihr fertig seid, sammle ich die Blätter wieder ein. Aber nur positive Eigenschaften. Schaut mal, ob ihr das Blatt voll bekommt", forderte ich sie heraus.

Manche taten sich schwer, andere schrieben fleißig drauf los.

„Mensch, mir fällt nix ein", nörgelte einer.

„Nicht mal, dass er einen hübschen Pullover anhat oder pünktlich ist, dir die Hausaufgaben vorbeigebrachte, als du krank warst oder seine Gummibärchen mit dir teilte? Dich nicht verpetzte, als der Schuldige gesucht wurde?", fragte ich nachdenklich „Vergesst nicht, dass Gott nicht nur auf unsere Fehler schaut, sondern uns mit liebevollen Augen betrachtet mitten in dieser beängstigenden Welt. Jesus ist nicht der Ankläger, sondern der Erlöser. Er ist nicht gekommen Gerechte zu rufen, sondern Sünder selig zu machen. Das Wort ‚Sünde' heißt ‚Zielverfehlung'. Man kann von beiden Seiten vom Pferd falle. Extrem negativ ist ein ungerechtes Gericht, und völlig überzogen positiv hat nichts mehr mit der Realität zu tun. Aber Wahrheit gepaart mit Liebe haucht neues Leben ein, gibt Mut und Zuversicht. Das werdet ihr in Zukunft noch brauchen."

Dann ließ ich sie schreiben und sammelte die Blätter zum Schluss ein.

„Bekommen wir die am nächsten Sonntag wieder?", fragte ein pfiffiger Junge. „Was passiert damit? Ich will wissen, was der andere über mich denkt", hakte er nach und stützte beide Hände entschieden in die Hüften.

„Nächsten Sonntag wirst du es wissen", funkelte ich ihn an, „bis dahin wirst du dich gedulden müssen."

Er drehte sich um und rief den anderen zu: „Ej, wir kriegen die Blätter nächsten Sonntag wieder. Jeder das mit seinem Namen!"

Zu Hause las ich genüsslich bei einer heißen Tasse Tee jedes einzelne Blatt. Ganz schön gut, was die Jungen geschrieben hatten. Sehr wertvoll und persönlich. Warum tun wir uns so schwer, anderen wertschätzende Worte entgegenzubringen, überlegte ich. Genießerisch verschlang ich jedes aufbauende Wort wie eine Packung Pralinen, Stück für Stück, Wort für Wort.

Am nächsten Sonntag hatte ich keinen Kindergottesdienst, aber ich rollte jedes Blatt wie eine Schatzkarte ein und klebte ein großes Snickers oder Mars dran. Obendrauf war der Name des entsprechenden Jungen. Alles schön in ein Körbchen platziert, schlenderte ich fröhlich zum Gottesdienst.

Als ich durch die Tür kam, überrannten mich die Jungen wie eine Horde Löwen und plünderten meinen Korb. Zielsicher grabschten sie nach ihrem Namen, rannten davon wie Räuber mit ihrer Beute.

„Hilfe! Lasst meinen Korb heile", rief ich in die

Meute. „Das geht hier zu wie bei einer Raubtierfütterung!"

„Was hast du erwartet?", fragte mich Rita, eine Mutter von zwei Söhnen aus der Gruppe. „Die nerven mich schon die ganze Woche damit. Ich bin richtig froh, dass Sonntag ist."

„Wo sind die hin?", fragte ich verwundert.

„Keine Ahnung! Die essen jetzt ihr Snickers und lesen ihren Zettel, nehme ich an. Was würdest du machen? Doch dasselbe, oder?"

Nachmittags nahm ich mir Zeit für einen ausgiebigen Waldspaziergang. Es war Juni, und im Haus stand die Hitze, aber im Wald war es angenehm kühl. Während ich Richtung Waldrand schlenderte, suchte ich nach dem Eichelhäher, dem Waldpolizisten.

Wenn man das nicht weiß, bemerkt man ihn nicht, obwohl er ein recht buntes Gefieder hat. Ganz leise sitzt er im Geäst am Waldrand und beobachtet, wer den Wald betritt und bleibt in der Nähe, bis man ihn wieder verlässt. Ich liebe den Wald, den Duft von Kräutern, Moos, Holz, das Rauschen der Bäume, wenn der Wind hindurch streift. Jeder Baum singt sein eigenes Lied. Die Nadelbäume pfeifen mit einem hellen, sirrenden Ton, die Pappeln rauschen wie einsetzender Regen und Laubbäume wie ein Orchester. Der Wald lebt und gibt seine Geheimnisse nur dem aufmerksamen stillen Betrachter preis.

Ich erreichte den Waldrand. Da saß er, der Eichelhäher, dem fehlte nur noch die Polizeimütze.

„Hallo, Waldpolizist!", begrüßte ich ihn. „Pass

schön auf, wenn ich dein Revier betrete."

Friedliche Stille, erfrischende Kühle, Vögel zwitscherten leise, hier ein Rascheln unterm Laub, da kletterte ein Eichhörnchen den Baum hoch und hüpfte zum nächsten Ast. Der Waldboden war angenehm weich, Hummeln summten von einem Waldblümchen zum nächsten. Ein Käfer kletterte am Baumstamm hoch. Der Wind streifte wie eine unsichtbare Hand über die Baumwipfel, als würde er den Dirigentenstab erheben und das Orchester anstimmen. Ein Vogel sang fröhlich drauf los, als sei er der erste Sopran.

‚Mal sehen, ob hier ein Specht wohnt‘, dachte ich und hob ein Stück Holz vom Waldboden auf. Damit klopfte ich zwei Mal gegen einen Baum und wartete ganz still.

„Klopf, klopf", kam es zurück. Ich versteckte mich hinter einem Baum, damit er mich suchen musste. Jetzt wollte er wissen, wer in seinem Revier herumlungert, und ich wollte ihn gerne sehen.

Wieder klopfte ich, dann er, dann ich, dann er. Das Klopfen kam immer näher, bis er im nächsten Baum saß und auf mich herabschaute. Ein wunderschöner Buntspecht in seiner vollen Pracht. Wenn er reden könnte, würde er vermutlich sagen „Dumme Nuss! Holst mich aus dem Mittagsschlaf für deinen Schabernack. Das nächste Mal schmeiße ich mit Sägespänen."

Mit Schalk in den Augen schaute ich ihm nach. Das Licht färbte sich grün und fiel sanft auf den Waldboden. Die Luft war erfrischend, sauerstoffreich und alles war voller Leben.

Lange verweilte ich, was für eine friedliche Stille.

Auf dem Rückweg hielt ich bei Rita an und schneite einfach so zum Kaffee herein. Ihre beiden Jungen gesellten sich mit an den Kaffeetisch.

„Sag mal, Anke", begann Jürgen verlegen, „wir ... ähm, wir ... ähm...", er schaute zu seinem Bruder Tom rüber, „könnten wir dir beim Kindergottesdienst helfen?"

„Wie helfen? Was genau stellt ihr euch da vor?"

Die Blicke streiften zwischen den beiden und ihrer Mama hin und her.

„Na, wir könnten den Eisbrecher übernehmen", damit meinte er das erste Spiel. „Wir könnten die Bastelsachen vorbereiten oder in der Woche bei dir vorbeikommen und das Thema besprechen. So richtige Mitarbeiter eben."

Ich schaute zu Tom rüber. Er nickte zustimmend, dann zu Rita, seiner Mutter, die gerade ihre Kaffeetasse hinstellte und sagte: „Oh, ich wünschte, mir würden die Herzen so zufliegen wie dir. Du hast die beiden im Sack. Meinen Segen haste, das kannste wissen."

Mein Blick schwenkte zurück zu Jürgen und Tom, die mich gespannt anschauten.

„Herzlich Willkommen im Team, ich freue mich."

„Abgemacht?", fragte Jürgen und hielt mir seine Hand hin.

„Abgemacht!", schlug ich ein.

Rita schaute zu ihren Söhnen rüber: „Na, dann habt ihr ja, was ihr wollt."

7

Ich glaube schon!

Mein Glaube war keineswegs angeboren, ganz im Gegenteil. Bis zu meinem 21. Lebensjahr war für mich Gott zwar existent, aber in meinem persönlichen Leben spielte er keine Rolle. Nach meiner Konfirmation war ich nur noch in der Kirche, wenn jemand heiratete. Die Bibel war mir so wertvoll wie ein Märchenbuch, und Gottes Bodenpersonal hielt ich für religiöse Heuchler. Alles tote Tradition, von der ich nichts wissen wollte. Vielleicht bete ich kurz vor dem Tod, aber bis dahin wollte ich mein Leben so leben, wie es mir gefiel und mir nichts verbieten lassen. Wenn mich jemand nach meinem Glauben fragte, dachte ich, er meinte meine Konfession und sagte: „Evangelisch, und du?"

Belanglos war es für mich – völlig egal – bis ich in einer neurologischen Klinik in der Nähe von Neudorf mit einer Kollegin zusammenarbeitete, für die ihr Glaube Lebensgrundlage war. Sie war anders, das hatte ich zwar bemerkt, aber ich dachte, sie hätte einfach nur ihre ‚Lebenskrücke' ausgetauscht. Erst war es der Alkohol, dann der Glaube. Ich machte mich manchmal über ihren Glauben lustig.

Einmal habe ich ihr in meinem Übermut in den Hintern getreten und bin spöttisch davongelaufen. Sie hat es mir weder übelgenommen noch nachgetragen, vielmehr ist sie mit mir umgegangen, als sei es nie passiert. Meine Patienten habe ich ihr aufgebürdet, nur weil ich keine Lust hatte. Sie hatte es ohne Murren übernommen und sie viel besser behandelt als ich, obwohl sie deswegen Überstunden machen musste, die sie nicht bezahlt bekam. Es ist mir ein Spaß gewesen, sie anzugreifen, weil ich mir sicher war, dass sie mich irgendwann dafür zusammenfalten würde. Dann würde die religiöse Show zusammenfallen wie ein Kartenhaus, und ich hätte den Beweis, dass ihr Glaube nicht echt ist, nur tote Religion.

Aber der Tag kam nicht! Was auch immer ich ihr antat, sie blieb vergebend, aufrichtig und liebevoll mir gegenüber. Irgendwann hatte ich Fragezeichen in den Augen. Gibt es das? Offensichtlich schon!

Sie ging in eine freie Christengemeinde in Neudorf. Eine sogenannte Freikirche. Davon hatte ich noch nie gehört. Wahrscheinlich eine Sekte, muss man ja aufpassen, dachte ich. Hin und wieder sprachen wir über Gott und die Welt. Dann hatte ich einen Traum, der sehr real war und mich tief bewegte. Wie ein Sonnenbrand brannte er sich tagelang in meine Seele. Ich erzählte ihn niemandem, bis ich wieder mit Ute ins Gespräch kam.

„Sag mal Ute, gibt es bei euch in der Bibel einen Feuersee? Ich habe geträumt, ich stünde mit ganz vielen anderen Menschen vor einem absolut gerechten

Gericht. Wir waren alle irgendwann gestorben und standen nun vor Gott. Wir mussten uns für unsere Taten rechtfertigen. Ich befand mich in der riesigen Menschenmenge und sah, wie jeder einzelne mit Namen herausgerufen wurde. Sein Leben lief wie ein Film vor ihm ab, für jeden sichtbar. Jeder Gedanke, jede Tat, sogar die innerlichen Beweggründe, alles öffentlich. Das Gericht sprach ihn mit Recht schuldig. Zwei Engel kamen und warfen ihn in einen heiß brennenden Schwefelsee, er schrie fürchterlich und litt Höllenqualen. Einer nach dem anderen kam dran. Dieses Gericht konnte man nicht austricksen oder belügen – unmöglich. Da saß die personifizierte Wahrheit, die alles wusste und absolut gerecht richtete. Niemand entkam. Niemand klagte das Gericht an oder den Richter. Gott war im Recht, das war allen klar – auch mir. Irgendwann war ich an der Reihe. Es gab keinen Ausweg für mich, ich wurde absolut gerecht gerichtet und verdiente das Feuer. Nicht eine einzige Kleinigkeit konnte ich Gott vorwerfen und beugte die Knie vor meinem Schöpfer. Die Engel kamen, warfen mich in den Feuersee, ich schrie vor Schmerz, dann wachte ich auf. Danach war ich fix und fertig."

Ute schaute mich mit großen Augen an, sie war offensichtlich geschockt.

„Ute, gibt es das in der Bibel?"

Sie drehte mir den Rücken zu und würgte sich ein schmerzhaftes leises „Ja" heraus.

„Und wer kommt da rein?", fauchte ich sie wie eine Wildkatze mit wütenden feurigen Augen an.

„Jeder, der nicht an Jesus glaubt, keine Vergebung seiner Schuld hat und für alle seine Taten gerichtet wird. Jede böse Tat muss bestraft werden, sonst wäre Gott ungerecht. Aber weil er das nicht will, hat er seinen einzigen Sohn am Kreuz unsere Schuld tragen lassen und ihn stellvertretend für uns durch die Hölle gehen lassen. Das kannst du alles nachlesen. Jesus hat das freiwillig und aus Liebe für uns getan. Wenn wir sein Opfer nicht persönlich annehmen, dann bleibt unsere Schuld vor Gott bestehen. Dann kann er uns nicht retten, sonst wäre er ungerecht. Es liegt also in unserer Hand. Wir müssen eine Entscheidung treffen, sein Vergebungsangebot annehmen oder ablehnen. Es liegt allein an uns."

Ich verlor die Fassung.

„Was ist das für ein Gott, der Menschen ins Feuer wirft?", schrie ich sie an. „Von dem will ich nichts wissen, bleib mir mit dem weg."

Ich drehte mich um, verließ den Raum und schlug die Tür mit Wucht hinter mir zu. Danach habe ich kein Gespräch mehr mit ihr gesucht, und meine Zeit lief dort ab. Ich arbeitete in der Klinik nur vier Monate, da ich die Neurologie für die Anerkennung meines Staatsexamens brauchte. Zum Abschied wünschte sie mir ‚Gottes Segen'. Ich schüttelte mich, als sei eine Spinne über meinen Rücken gelaufen.

In den folgenden Monaten wurde ich innerlich immer einsamer. Egal, mit wem ich mich treffen wollte, niemand hatte Zeit für mich. Nicht ein Telefonat kam zustande.

„Oh, ich habe Gäste" oder „Wir sind gerade auf dem Sprung, gerne ein andermal", tönte es jedes Mal aus dem Telefonhörer.

Widerwillig wählte ich dann Utes Nummer. Sie hatte Zeit für mich. Nach jedem Gespräch wich die Einsamkeit, und es ging mir besser. Einmal sagte sie: „Du, mein Mann ist auf Fortbildung, und wir haben uns abgesprochen, dass er um 20:00 Uhr anruft. Sicher steht er seit einer Stunde vor der Telefonzelle und kommt nicht durch, weil die Leitung besetzt ist. Bitte lass uns morgen wieder telefonieren, du kannst jederzeit anrufen."

Ich legte geschockt den Hörer auf. Damals gab es noch keine Handys oder eine Anklopf-Funktion. Wenn man telefonieren wollte, musste man von einer öffentlichen Telefonzelle anrufen. Meist stand davor bereits eine Schlange, und man musste im Winter in der Kälte warten, bis man dran war. Besonders ärgerlich, wenn dann trotz Absprache eine Stunde besetzt war.

Das tat sie für mich?! Nach unserer Geschichte?

Ich war wahrlich nicht zimperlich mit ihr umgegangen, und sie hätte jedes Recht gehabt, mich zu verabscheuen. Ihre Gunst hatte ich bestimmt nicht verdient.

Mittlerweile arbeitete ich in einer kleinen Praxis auf dem Land in der Nähe von Neudorf und leistete die letzten zwei Monate meines Anerkennungsjahres ab. Da ging es wie in einem Bienenkorb zu.

Ein Ehepaar betrieb die Praxis. Er war Masseur und sie Physiotherapeutin. Schon am Vormittag zogen wir fünfzig Fango-Massagen durch, parallel die Gymnastik. Am Wochenende oft interne Fortbildungen, es war eine einzige Hetzerei, nicht mal Gelegenheit für einen Toilettengang. Er schäkerte gerne mit uns jungem Gemüse, und sie hatte Affären. Er zog an meinem langen geflochtenen Zopf, was mir die Missgunst der Chefin einbrachte.

„Ich kann deine Lache nicht leiden", zischte sie mir beim Händewaschen zu.

„Hier werde ich wohl nicht alt", verzog ich das Gesicht und schüttelte meine nassen Hände absichtlich so aus, dass sie die Spritzer abbekam. Mein Terminkalender war zum Bersten voll und an der Pinnwand hing eine lange Liste mit Patienten, die einsprangen, sollte jemand ausfallen.

„Telefonanruf für dich!", rief mich die Dame von der Anmeldung. „Es ist eine Ute, sie möchte dich sprechen."

„Oh, die hat Nerven! Jetzt in dem Gewusel!"

Ich nahm den Hörer in die Hand.

„Hallo Ute, was gibt's?"

„Ich möchte dich am kommenden Donnerstag um 17:00 Uhr zur Bibelstunde in meine Freikirche einladen."

Ich stand an der Anmeldung, vor mir etwa zehn Patienten, die alle mithören konnten, was ich sagte.

Lapidar antwortete ich: „Ute, dein Gott will mich nicht! Ich habe alles gemacht, was er verboten hat.

Naja, ich habe zwar niemanden ‚kaltgemacht', aber sonst bin ich bestimmt über alle seine Gebote gelatscht. Er legt auf Menschen wie mich keinen Wert. Ich bin nicht gut genug. Vergiss es einfach."

Utes Stimme war ruhig, friedlich und aufrichtig, so wie ich sie kannte.

„Das glaube ich aber doch! Er hat Interesse an dir, wetten wir?", drang es mit ernster fester Absicht in mein Ohr. „Donnerstag um 17:00 Uhr im Tannenweg in Neudorf."

„Ute, ich arbeite an dem Tag bis abends um 21:00 Uhr, es müssten zehn Patienten zufällig bis 16:00 Uhr unabhängig voneinander absagen, während weitere zwanzig auf einen Termin warten. Meine Chefin wird das nie erlauben. Die Wette habe ich jetzt schon gewonnen", antwortete ich siegessicher.

„Die Wette gilt, ich gewinne gerne. Du hast mein Wort. Wenn ich 16:00 Uhr gehen darf, komme ich zur Bibelstunde in den Tannenweg", und lache laut, sodass sich die Chefin wieder über meine Lache ärgern konnte.

„Gut", sagte Ute, „die Wette gilt", und legte auf.

Amüsiert ging ich zur nächsten Behandlungsbank. „Bin ich jetzt in der Kabine Nr. 5, oder?", fragte ich die Praxisperle, die mich angrinste.

„Wer war denn das?", fragte sie.

„Ach, kennst du nicht."

Es war Donnerstag gegen 16:00 Uhr. Ich behandelte gerade einen Mann mit Halswirbelsäulenproblemen. Die Praxis war ausnahmsweise ruhig, jeder arbeitete still vor sich hin. Die Praxisperle kam leise zu mir und flüstert mir ins Ohr: „Deine Patienten haben alle abgesagt, die Chefin sagt, du sollst nach Hause gehen. Du hast morgen um 8:00 Uhr den ersten Patienten, dann musst du hier wieder auf der Matte stehen", und ging leise wieder.

„Hm, *alle* Patienten?", murmelte ich ungläubig vor mich hin. „Wahrscheinlich habe ich wieder zu laut gelacht ..."

Ich zog mich um und tanzte vergnügt aus der Praxis. „Ich habe jetzt frei", sang ich vergnügt, „und fahre nach Hause. Tschüüüüsss."

Auf dem Weg zum Auto fiel mir die Wette wieder ein. Oh, es ist Donnerstag, stellte ich erschrocken fest und erinnerte mich an die Wette. Vor Schreck fiel mir der Schlüssel aus der Hand. Wie eine erfrorene Salzsäule stand ich vor meiner Autotür. Mir kam das Telefongespräch wieder in den Sinn.

„Das glaube ich aber doch! Er hat Interesse an dir, wetten wir?", hörte ich es, als würde Ute neben mir stehen.

Ich hob den Schlüssel auf. „Die Wette gilt, ich gewinne gerne. Du hast mein Wort, wenn ich um 16:00 Uhr gehen darf, komme ich zur Bibelstunde in den Tannenweg", dachte ich an meine Zusage. Ich war mir so sicher. Eher würden Weihnachten und Ostern auf einen Tag fallen. So ein Pech aber auch, der freie Nachmittag ging flöten.

Im Tannenweg angekommen stand die Tür bereits auf, und direkt davor war ein Parkplatz frei. Es war

16:30 Uhr, ein betagter alter Mann gab mir seine Hand.

„Mädchen, bist du Christ?", sprach er mit sonorer, tiefer, sakraler Stimme.

„Das ist doch jeder?", belehrte ich ihn.

Seine Augen sahen so glücklich und hell aus. Das hatte ich noch nie gesehen.

„Na, dann setz dich schon mal hin, die Bibelstunde beginnt um 17:00 Uhr", wies er mich in den Gottesdienstraum, der schlicht, sauber und friedlich aussah. Ein schlichtes Holzkreuz, ein Plexiglasrednerpult, ein Keyboard, Gitarren, ein Schlagzeug, Technik und ein Mischpult wurden durch die geöffneten Fenster von der Sonne angestrahlt.

Der Raum füllte sich nach kurzer Zeit. Bestimmt zweihundert Leute kamen zusammen, Ute hatte mich gleich entdeckt und freute sich, mich zu sehen. Ihr Mann begrüßte mich herzlich, sie setzten sich neben mich.

Die Band begann zu spielen, alle standen ohne Aufforderung auf. Einfache Texte über Gott wurden an die Wand gestrahlt. Die Lieder waren schwungvoll, rhythmisch, melodisch, recht laut und alle sangen von Herzen mit. Alt und Jung, jedes Alter war vertreten. Da war was los! Ich dachte an Gottesdienste, die mich an Afro-Amerikaner erinnerten.

Das in Neudorf? Das gibt es? Wahrscheinlich eine Sekte.

Dann wurde gebetet. Nicht still, sondern laut, für alle gut hörbar. Mal der eine, mal der andere – eine heilige Stille entstand, ich wagte mich nicht zu bewegen. So etwas hatte ich noch nie erlebt.

Ute hatte die Augen zu und beide Hände betend erhoben.

Ich setzte mich und betrachtete alles aufmerksam. Die Predigt hielt ein dynamischer, junger Prediger. Er erzählte von der Bibelgeschichte, in der die Israelis um die Mauer von Jericho gelaufen sind, die beim Posaunenschall einfiel. Genau an der Stelle kam ein schöner großer Schmetterling durchs offene Fenster geflogen und flatterte direkt vor seiner Nase herum. Mich amüsierte das.

„Was der Flattermann hier macht, weiß ich auch nicht", band der Prediger ihn in seine Geschichte ein.

Als wir wieder gingen, sagte ich zu Ute: „Sowas habe ich noch nie erlebt."

„Hat es dir gefallen?", fragte Ute.

„Ach Ute, deine Freundschaft will ich nicht missen, aber bitte lass mich mit deinem Jesus in Ruhe."

Ute schaute mich traurig an.

„Gut, komm' nächsten Sonntag noch einmal, wenn es dir dann nicht gefällt, lasse ich dich mit ‚meinem' Jesus in Ruhe", schloss sie.

Ich überlegte mir das kurz.

Meine Einsamkeit quält mich noch immer. Hier bekomme ich eine Freundin für nur einen Gottesdienstbesuch. Kadavergehorsam zwar, aber egal, das lohnt sich. Die Stunde sitze ich auf einer Backe ab und habe eine Freundschaft im Sack, dachte ich.

Zwei Tage später fuhr ich von der Arbeit nach Hause und machte das Radio an. „Radio HR3, Hits am laufenden Band", quakte es aus dem Lautsprecher. „Wo Sie auch immer jetzt sind. Es ist unfassbar, was heute passiert ist. Die Mauer ist weg. Wir sind wieder EIN VOLK. Die Mauer ist gefallen, die Mauer ist weg. West- und Ostdeutschland sind ab heute Geschichte!"

Mir lief ein Schauer über den Rücken. Als Kind wohnte ich so nah an der DDR-Grenze, dass ich sie von meinem Kinderzimmer aus sehen konnte. Ich wohnte im Westen.

Im Auto dachte ich an die Predigt, den Flattermann und die Mauer von Jericho. Die war auch gefallen, bei dem Klang der Posaune. Ein Zufall?

Am Sonntag stand ich ausnahmsweise früh auf, das tat ich sonst nie. ‚Ist nur das eine Mal, hast es halt versprochen', dachte ich und kam kurz vor Beginn des Gottesdienstes im Tannenweg an. Diesmal setzte ich mich oben auf die Empore, damit ich nicht auffiel, wenn ich einschlafen würde. Außerdem kann man da besser gucken, und Ute setzte sich neben mich. Ein ruhiger Pastor hielt die Predigt.

„Er sollte mich mal predigen lassen", flüsterte ich Ute ins Ohr, „ich wäre nach 5 Minuten fertig."

Gelangweilt saß ich rum, immer wieder kamen mir Utes Antwort in den Sinn, als ich sie fragte, was sie zu einem Christen machte und mich nicht. ‚*Wer mich nicht vor den Menschen bekennt, den werde ich nicht vor meinem Vater bekennen,* sagt Jesus', hatte sie mir geantwortet.

Ja, gut – bekannt hatte ich Jesus als meinen Retter bestimmt nicht. Während ich darüber nachdachte, war mir, als würde er selbst vor mir stehen. Das Gefühl ist schwer zu beschreiben. Es ist, als würde man der personifizierten Wahrheit begegnen. Eine Liebe und eine Annahme, wie ich sie nie erlebt hatte, ging von ihm aus. Er kannte die Anzahl meiner Haare auf dem Kopf und alles andere auch. Er war allwissend, das konnte ich spüren und sagte zu mir: „Du gibst zwar vor, Christ zu sein, bist es aber nicht. Du lebst dein eigenes Leben, wie es dir gefällt. Du und ich, wir wissen beide, dass du kein Christ bist. Du musst dich entscheiden! Folge mir nach oder lass es sein. Triff eine Entscheidung für mich oder gegen mich!" Dann war er weg.

Ich saß da oben auf meinem Stuhl und hatte Angst, dass ich dann ins Kloster muss oder so religiös verbrämt ende wie so manche Person, die mir in den Sinn kam. Nur kein Zölibat, Keuschheit vor der Ehe. Oh weh! Oder es geht es mir wie Ute, die ich wegen ihres Glaubens malträtiert hatte.

Mir fehlte der Mut, ich schwankte hin und her. Wie soll ich entscheiden? Ein Gedanke schoss mir durch den Kopf. ‚Du hast so viel ausprobiert in deinem kurzen Leben. Du hast in buddhistischen Lehren gesucht, Esoterik ausprobiert, Karten gelegt, in der Psychologie nach Antworten gesucht, in die Sterne geschaut und was dir sonst noch alles eingefallen ist. Gebracht hat es dir nichts, die Einsamkeit ist sogar schlimmer geworden. Versuch es doch mit Jesus, wenn es nichts ist, kannst du es wieder verwerfen.' Ich dachte darüber nach, während der Prediger irgendwas erzählte. Ich hatte ihm nicht einmal zugehört. Meine Gedanken kreisten um diese Entscheidung. Ja oder nein, versuchen oder verwerfen? Was mache ich jetzt? Warum eigentlich nicht? Auf einen Versuch mehr oder weniger kommt es jetzt auch nicht mehr an, entschied ich. Aber eigentlich war ich davon überzeugt, dass es wieder ein Schuss in den Ofen wird.

Der Pastor schloss seine ewig lange Predigt ab, und ich hoffte, Ute fragt mich nicht, was er gesagt hatte. Er beendete den Gottesdienst mit den Worten „Wenn du dich noch nicht für Jesus entschieden hast, dann gebe ich dir jetzt die Gelegenheit. Komm' nach vorne, gib dein Leben Jesus. Triff heute eine Entscheidung für oder gegen ihn. Alle anderen schließen jetzt die Augen und beten."

Es war mucksmäuschenstill im Raum, man hätte eine Nadel fallen hören können. Keiner ging nach vorne, alle schienen zu beten. Von oben konnte ich das alles gut sehen.

Wieder sagte der Pastor „Wenn du eine Entscheidung treffen willst, wir warten auf dich."

Ich dachte, das ist meine Gelegenheit. Eigentlich wollte ich nach vorne gehen, traute mich aber nicht. Ich fühlte mich wie jemand, der denkt er sei frei, bis er seine Ketten spürt. Ich konnte mich irgendwie nicht bewegen und saß wie angeklebt auf meinem Stuhl. Ute neben mir hatte die Augen zu und schien tief im Gebet zu sein.

Ich kehrte meinen Mut zusammen, stand auf, lief die Treppe von der Empore runter und ging nach vorne. Ich blieb vorne stehen und wollte meine Entscheidung fest machen. ‚Mein Leben Jesus geben?'' fragte ich mich. Mir wurde klar, dass ich nichts zu bieten hatte, die Wahrheit in Person nicht beeindrucken konnte. Sollte ich ihm jetzt mein Leben anbieten? Das, was ich schon einige Male wegwerfen wollte, weil mir das Leben so sinnlos vorkam? Ich fühlte mich schmutzig, in Lumpen gekleidet und verloren. Das kann ich ihm unmöglich anbieten. Was für ein Geschenk soll das sein? Hier hast du mein verpfuschtes Leben, ich habe alles gemacht, was du verboten hast?

Ich senkte meinen Kopf und war mir meiner Schuld bewusster als je zuvor in meinem Leben. Mir kamen Erinnerungen meiner Überheblichkeit und Arroganz hoch, die ich mir geleistet hatte. So manche Tat – sie lag wie schwerer nasser Sand auf mir und erdrückte mich.

Leise betete ich: „Ich schäme mich, dass ich dir mein Leben anbiete, so dreckig wie es vor dir ist. Aber wenn du willst, dann sage ich jetzt ‚Ja' zu dir."

Genau in diesem Moment und keine Sekunde später durchflutete mich eine machtvolle, reine, helle, wohltuende Kraft, stärker als alles, was ich bisher erlebt hatte. Vom Kopf angefangen langsam, gemächlich und ungeheuer kraftvoll bis zu den Füßen. Jede Schuld, der ganze Dreck, die vielen Ketten, alles fiel wie ein altes Kleid von mir ab. Ein warmes, heilendes, glückliches, erfüllendes Gefühl voller Annahme und

Liebe umgab mich wie ein Mantel, und ich wusste in meinem Herz ganz sicher: Jesus hat mir eben all meine Schuld vergeben, ich gehörte ihm, niemand konnte mich verklagen.

Ich fühlte mich sicher, und ein Frieden erfüllte mich, den ich noch nie in meinem Leben erlebt hatte und den ich nie, nie, nie mehr loslassen wollte. Noch nie war ich so glücklich. Ich fühlte mich wie neu geboren, wie ein neuer Mensch. In meinem Herz konnte ich glauben, wie es mir zuvor nicht möglich war. Wie ein Geschenk. Niemand hatte mir die Hände aufgelegt oder für mich gebetet, das war nur zwischen mir und Gott. Und der ist real, wie ich jetzt sicher wusste.

Als ich wieder auf meinen Platz neben Ute saß, sangen alle ein letztes Lied. Ute sah glücklich aus und hatte Tränen in den Augen. Wir nahmen uns in den Arm und weinten beide los.

„Es tut mir so leid, wie ich dich behandelt habe", schluchzte ich hemmungslos.

„Es ist alles gut. Es ist alles vergeben, als sei es nie passiert."

Ich fühlte mich, als sei ich gerade aus der Waschmaschine gekommen, direkt nach dem Schleudergang.

Ihr Mann schaute mich an und sagte: „Mit Jesus ist das ungefähr so: Stell dir ein Haus vor. Völlig zerfallen, die Treppe kaputt, im zweiten Stock fällt man durch den Boden und landet im Erdgeschoss. Niemand will es haben, und der Abrissbagger steht schon bereit. Dann kommt Jesus und kauft die Kaschemme.

Er sieht sich jedes Zimmer an und nimmt sich viel Zeit. Alles richtet er nach und nach wieder her, bis es ein echtes Schmuckstück ist. So war es bei mir, und in ein paar Jahren wirst du das auch so sehen. Komm' heute Nachmittag zu uns zum Kaffee, du weißt ja, wo wir wohnen."

„Die Einladung nehme ich an", nickte ich und setzte mich wieder auf den Stuhl.

Nachmittags kam ich viel zu spät, weil alle Hauptstraßen mit ‚Trabbis' (Trabant/Ostdeutsche Automarke) verstopft waren. Überall hupte es, Neudorf war voll mit Besuchern aus Ostdeutschland. Ein Volksfest!

So gigantisch die Grenzöffnung war, das Erlebnis mit Gott war besser. Der Friede hat mich bis heute nicht verlassen und ist mein Fundament geworden. In der Bibel habe ich gelesen, dass Jesus zu den seinen gesagt hat ‚*Meinen Frieden gebe ich euch, euren Frieden lasse ich euch.*' Sofort war mir klar, welchen Frieden er meinte. Jetzt machte das alles Sinn. Und mein Leben machte auch endlich Sinn.

Heute, dreißig Jahre später, kann ich immer noch sagen, dass ich keinen Tag mit ihm missen will. Und wenn ich nochmal von vorne anfangen könnte, wäre meine erste Tat meine Bekehrung. Weil es einfach klasse ist! Jedes Jahr mehr! Nachvollziehen kann es nur der, der es selbst erlebt hat. Die Entscheidung kann nur jeder für sich selbst treffen, und ich kann dazu nur ermutigen.

Die Einsamkeit war übrigens ab dem Tag weg und

kam nie wieder. Mein Leben hat sich seit diesen Tag völlig verändert, und dafür bin ich bis heute sehr dankbar.

8

Träume sind Schäume

Es war Montagmorgen, der Klinikalltag startete kurz vor 7:00 Uhr, die Bäderabteilung war hell erleuchtet, Wände, Decken, Kabinen alles in Weiß. Jeder trudelte in weißer Arbeitskleidung ein. Haare zusammen, Schmuck aus, Wasserflasche bereitstellen, Handy lautlos stellen und in die Ablage legen. Nora mit ihrer hohen Stimme machte das Radio an.

„Oh, ich mach' mal kurz laut, das ist unser Lied! Unser Dream-Team-Lied." Sie tanzte durch die Abteilung und sang laut mit. „So soll es sein, so soll es bleiben, so habe ich es mir gewünscht, alles passt perfekt zusammen, weil endlich alles stimmt ...", spontan tanzten wir mit.

Noras Augen strahlten, ihre flippige Art spiegelte sich in ihren Tanzbewegungen wider. Dann der Gongschlag aus dem Radio. „Dong!!! Es ist 7:00 Uhr."

Jeder schnappte sich seinen Tagesplan, die Patienten warteten bereits mit ihren Handtüchern bewaffnet auf dem Flur.

„Hereinspaziert, wir baden gerade. Treten Sie ein, und rutschen Sie nicht auf der Seife aus!", rufe ich scherzhaft aus der Tür.

„Huch, ist es hier glatt?", versteht eine Patientin den Scherz falsch. „Ich muss mit meinem Knie auf die Motorschiene", und lief direkt in die Kabine, „bitte vergesst mich nicht, bin das letzte Mal eingepennt und hab meinen Termin bei der Psychologin versemmelt."

Nora flötete lieblich: „Sollen wir nach einem Ersatztermin für Sie fragen?"

„Nö, lass gut sein. Ich hab's nicht im Kopf, ich hab's im Bein. Hätte lieber bei euch eine Massage mehr oder drei Wochen Verlängerung."

In der Pause träumt Nora von der Zukunft: „Wir werden alle heiraten, dann kriegen wir Kinder, fahren mit dem Kinderwagen gemeinsam durch die Gegend und arbeiten hier zusammen. Wir bleiben IMMER ein Dreamteam", flötete sie genießerisch und schaute verträumt in die Runde.

„Oh Nora, ich hole dich ungern von deiner Wolke, aber hier verarmen wir und arbeiten wie die Brunnenputzer. Hier wird nichts aus uns. Wir bekommen keine Weiterbildung bezahlt, können froh sein, wenn wir unser kärgliches Gehalt bekommen, werden vom Klinikchef angeschnauzt, regelmäßig regt er sich über unsere Wasserflaschen auf oder reißt uns die Bilder von den Wänden. Entschuldige, ich sage es ungern, aber wir werden irgendwann alle unsere eigenen Wege gehen. So ist das. Oder willst du hier verschimmeln? Auf Dauer ist das hier nichts. Die haben mir nicht einen Cent mehr gezahlt, als sie mich zur Leitung eingesetzt haben. Bei den Arbeitsbedingungen wird die Fluktuation immer hoch bleiben."

Traurig schaute sie mir in die Augen: „Aber es ist gerade so schön. Ich will, dass es so bleibt."

Stille im Raum, niemand wollte es aussprechen. Irgendwann würde unser Dreamteam Geschichte sein.

„Veränderung ist eine Konstante", versuchte ich die Stimmung zu heben, aber es gelang mir nicht.

Während des Nachmittags standen Silke und ich im Therapiebereich am Schreibtisch. Sie kam gerade von Station 2 und hatte mitbekommen, wie eine Schwester dem Dr. Jansen erzählt hatte, dass die Physio-Schülerin Frieda, die wir gerade im Team mitliefen ließen, eine Narbenbehandlung an einem Patienten durchgeführt hatte. Dadurch war die frische Narbe wieder aufgegangen und das Blut lief.

„Oh weh, da oben ist was los. Der Jansen springt im Dreieck, den kannste von der Decke kratzen. Die Herzpatienten nehmen doch Marcumar, damit das Blut dünnflüssig bleibt und nicht verklumpt, aber das hindert eben die Heilung. Ob Frieda mit ihrer Narbenbehandlung da so richtig liegt? Sie geht in drei Tagen wieder, aber das sollte sie künftig sein lassen."

In dem Moment kam Frieda wie ein aufgeregtes Huhn um die Ecke. „Ich habe schon gehört", sagte sie zu mir und hob beide Hände, als wolle sie sich ergeben „Ich verstehe das nicht. In der Schule habe ich das so gelernt."

Silke erklärte ihr die Zusammenhänge, während ich zum Wandtelefon im Flur lief, weil es Sturm klingelte.

Ich rief Silke zu: „Ich habe oben eine Gruppengymnastik, die warten seit 10 Minuten auf mich."

„Das wird der Jansen sein", erwiderte Silke ironisch, „viel Spaß. Der ist bestimmt geladen sein wie eine Piratenflinte."

„Bäderabteilung", nahm ich den Anruf entgegen.

Es war der Jansen, außer sich vor Wut. Ich konnte den Hörer nicht ans Ohr halten, das wäre mir sonst weggeflogen, so sehr brüllte er in den Hörer. Auf dem Flur stand ich ungünstig. Jeder, der an mir vorbeilief oder auf den Stühlen neben mir wartete, bekam alles ‚live und in Farbe' mit. ‚Ah, schau, der Jansen faltet gerade die leitende Physiotherapeutin zusammen.' Obwohl ich den Hörer ein Stück vom Ohr entfernt hielt, konnte nicht nur ich jedes Wort klar und deutlich verstehen.

Nora kam gerade den Flur entlang und fuchtelte aufgeregt mit den Armen herum. Sie zeigte auf ihre Uhr und dann mit dem Finger an die Decke. „Die Gymnastikgruppe wartet oben auf dich."

Ich zeigte auf den Telefonhörer und sagte mit den Lippen lautlos „Dr. Jansen", zuckte mit den Schultern und sagte mit den Augen „Ich kann hier nicht weg."

Nora lief zu Karin, die das Schauspiel vom Schreibtisch aus beobachtete

„Es muss jemand hoch gehen und den Patienten sagen, dass die Gruppe ausfällt. Von uns kann niemand einspringen", alle außer Frieda gingen in ihre Behandlungen.

Ich drehte mich wieder zum Telefonhörer: „Ja,

Herr Dr. Jansen. Sie haben recht. Das war dusselig, kommt nicht nochmal vor. Ich werde gleich mit ihr sprechen."

Und dann ging es weiter.

„Dusselig?!! Das ist eine Katastrophe!!! Niemand geht mir an die Narben! Wehe, ich erwische einen, der eine Narbenbehandlung macht. Was ist das überhaupt für eine blödsinnige Therapie?"

Es wurde wieder laut, und der Anschiss nahm wieder Fahrt auf. Mir war klar, dass es besser war, zuzuhören, kein Wort zu sagen, ab und zu mal zu nicken oder ‚Ja' zu sagen. Rechtfertigungen oder Erklärungen waren hier fehl am Platz.

Nach weiteren zehn Minuten kam meine ganze Gymnastikgruppe den Flur entlang. Einer nach dem anderen hielt mir seinen Therapieplan hin und zeigte mit dem Finger auf den Termin, damit ich ihn abzeichnete. Während der Arzt mir ins Ohr brüllte, kritzelte ich mein Kürzel auf jedes Blatt. Kein Wort, alle Verständigung ging über die Augen. Die Patienten waren meist im Rentenalter und sahen auf den ersten Blick, was hier los war. Verständnisvoll nickten sie ab und gingen weiter.

Innerlich musste ich schmunzeln. Irgendwie eine groteske Situation, dachte ich. Aber ein Problem mit seinem Wutanfall hatte ich nicht. Ganz im Gegenteil, ich verstand seinen Ärger. Er hatte recht! Wenn er sich nach so vielen Berufsjahren noch so leidenschaftlich über Fehlbehandlungen aufregen konnte, dann hat er das Herz am rechten Fleck. Wenn ich auch nebenher mit Händen und Augen den anderen Zeichen gab, so hatte er doch meine volle Aufmerksamkeit. Nie war er verletzend oder unfair. Sein Ärger war abgrundtief ehrlich und gut zu ertragen. Ich mochte seine norddeutsche Aufrichtigkeit. Er war ganz Hanseat.

Wie sehr ich die Norddeutschen mag.

Seine letzten Worte waren „Ist das jetzt klar? Habe ich mich deutlich genug ausgedrückt?"

„Ja, haben Sie! Ich werde mit der Schülerin sprechen, das kommt nicht nochmal vor."

„Das will ich auch hoffen!" Er legte den Hörer auf.

Die Schülerin saß die ganze Zeit am Schreibtisch und hatte alles mitgehört. Sie saß gebeugt auf dem Stuhl und hielt sich die Hände vors Gesicht.

„Jetzt hast du wegen mir Ärger bekommen. Ist mir das peinlich. Dem laufe ich besser nicht über den Weg."

„Ja, besser nicht. Jedenfalls nicht jetzt. Silke hat es dir schon erklärt. Bei älteren Narben kannst du die Technik anwenden, auch bei orthopädischen Patienten, aber nicht bei Herzpatienten so kurz nach der Operation. Da liegt die Problematik in der Heilung, nicht in der Vernarbung. Also, Finger weg von den Narben."

Sie schaute mich an wie ein begossener Pudel.

Ich strich ihr über den Rücken. „Die Wogen glätten sich wieder, und die Narbe wird zuheilen. Der Jansen kriegt das hin. Der hat aber auch ein Temperament, der wäre mir fast durchs Telefon gesprungen."

Ich griff zu meiner Wasserflasche trank einen Schluck. Der Nächste wartete schon, und war wieder zehn Minuten zu spät.

Nach dem letzten Patienten fiel mir ein, dass ich mit Renate die Sachlage über meinen Urlaubsschein nicht abklärt hatte. Ich ging in die Arztabteilung. Als sie mich sah, verdrehte sie die Augen und rannte hektisch durch die Abteilung. Trotzdem konfrontierte ich sie.

„Renate, wie kommst du dazu der Verwaltung zu sagen, ich hätte unerlaubt Urlaub genommen, obwohl du den Urlaub eingefädelt hast?"

„Ach, weiß ich auch nicht, was da mit mir los war, habe ich vergessen", zuckte sie mit den Schultern und drehte mir den Rücken zu.

„Und warum erzählst du, ich hätte ein Verhältnis mit dem Jansen?"

„Das kommt nicht von mir, das hat Joana erzählt, musst du die fragen. Ich habe es nur weitererzählt", verteidigte sie sich und flüchtete aus dem Raum. „Über solche Banalitäten regst du dich auf? Da habe ich ganz andere Probleme", maulte sie über den Flur.

Ja, das war ihre Taktik. Flucht nach vorn mit Komplettlöschung des Erinnerungsvermögens, besonders wenn sie die Trompete war.

„Sollte ich ein Verhältnis mit irgendjemandem hier im Haus haben, sag mir Bescheid, damit ich es auch weiß", rief ich ihr hinterher.

9

Mein Stuhl wackelt

Zu Hause angekommen, ließ ich alles fallen und machte mir einen schönen heißen Tee in meiner Lieblingstasse, setzte mich gemütlich hin, Füße hoch, Haare auf, Kuschelsocken an, schaute aus dem Fenster, blätterte im Katalog – der Tag war geschafft. Wie ein Kapitän, der dem Maschinenraum sagt ‚Alle Maschinen Stopp!‘, zwang ich mich zur Ruhe.

Das Telefon klingelte.

„Wie geht es dir?“, klang Christins Stimme fröhlich aus dem Hörer.

„Na gut, wenn ich dich höre.“

Sie ist Buchhalterin und liebt Zahlen, Mathematik, Tabellen und Bilanzen. Wenn man im Wald steht und die Bäume nicht sieht, ist sie die Frau der Stunde. Ihre Art, die richtigen Fragen zu stellen, bringt einen zurück auf Kurs. Dabei gibt sie einem das Gefühl selbst drauf gekommen zu sein. Sie hat viel Rückgrat und ist nicht menschengefällig. Sie sagt die Wahrheit auch zur Unzeit, schonungslos. Das kann manchmal unangenehm sein, aber man weiß immer, woran man ist. Unsere gut dreißig Jahre alte Freundschaft ist mir wertvoller als Gold und Silber.

„Sag mal, in der Klinik werden doch nur Zeitverträge für zwei Jahren geschlossen, oder? Was passiert, wenn die um sind?", fragte sie interessiert.

„Entweder man geht ohne Vertrag weiter zur Arbeit oder man bleibt zu Hause. Meist hat der Personalchef Steuler die Ablaufdaten nicht auf dem Schirm. Natürlich kannst du auch vor Ablauf nach einem Festvertrag fragen, aber im Haus kenne ich keinen Fall, wo das so ablief. Die sind alle ‚gegangen worden'. So läuft das in dem Schuppen. Und der Zweijahresvertrag ist ein selbst zusammengezimmertes Papier, das einen gruseln lässt. Karins Vater ist Rechtsanwalt, der hat nur abgewunken."

„Also musst du entscheiden, ob du bleiben willst oder nicht", kommentierte Christin.

„Richtig! Ich muss mal im Kalender nachschauen, wann ich angefangen habe. Resturlaub habe ich ja keinen mehr", gähnte ich müde in den Hörer.

„Du, das war in den ersten zehn Tagen im Juli und jetzt haben wir bereits Juni. Das heißt, in den nächsten sechs Wochen könntest du arbeitslos werden. Hast du dich rechtzeitig bei der Agentur für Arbeit gemeldet? Nicht das die dich sperren", kümmerte es Christin.

„Ja, das habe ich vorsichtshalber gemacht, liegt hier schon parat. Sicher ist sicher, auf die Verwaltung ist kein Verlass, auch nicht auf mündliche Zusagen. Die sind völlig willkürlich, ich habe keine Lust ohne Netz und doppelten Boden zu fallen."

„Hm, gut. Es könnte auch sein, dass die Verwaltung

keinen Wert auf deine Anwesenheit legt. Mach da mal Druck, damit du einen Vertrag in den Händen hast, am besten gleich", mahnte sie mich.

„Gut, ich stehe da morgen auf der Matte. Der Steuler braucht dafür sowieso eine Woche und fünf Tritte in den Hintern."

„Was sagt dein Herz? Sag mal ehrlich", hinterfragte sie meine Motivation.

„Weißt du, dieser Beruf ist wie für mich gemacht. Das ist mein Element, darin blühe ich auf und fühle mich zu Hause. Wie ein Indianer auf Entdeckungspfad suche ich nach der richtigen Therapie. Bei jedem Patienten bin ich herausgefordert aus meinem Wissensschatz die richtigen Zutaten zusammen zu mischen wie ein Konditor für seinen Kuchenteig. Physiotherapie ist irre spannend und individuell. Aber pro Patient stehen mir nur zwanzig Minuten zur Verfügung. Faktisch ergibt das fünfzehn Minuten wirkliche Behandlung. Das ist einfach zu wenig. Da versetzt man keine Berge, das ist zu kurz. Also leidet die Therapie abgesehen vom Therapeuten. Wirtschaftlichkeit und Therapie stehen nicht mehr in der Waage. Bei drei Patienten pro Stunde, wann soll ich den Arztbericht lesen oder mir Notizen machen für meinen Behandlungsplan? Wir sollen Berichte schreiben! Wann? Wenn wir dazu kommen, sind die Patienten schon lange weg. Renate hat den letzten dicken Stapel Berichte vor meinen Augen genießerisch in den Mülleimer geworfen. ‚Zu spät, die Unterlagen sind schon bei der Krankenkasse. Jetzt können wir damit nichts anfangen', hatte sie gesagt. Gleichzeitig wird uns dafür keine Zeit eingeplant. Bringe ich die Problematik auf dem Punkt, schmettern die Verantwortlichen es ab. Kürzlich habe ich einen ganzen Stapel unbearbeitete Berichte in den Müll geschmissen, hat keiner gemerkt.

Seitdem schreiben wir die nicht mehr. Sinnlos!

Mir liegen die Menschen am Herz, ich will, dass sie wieder gesund werden. Dafür habe ich mal 48 medizinische Fächer gelernt und ein Staatsexamen abgelegt. Das macht mir einfach Spaß. Aber mit tausend Euro netto, wobei sie mir fast einen Monatslohn bis heute schuldig sind, kannst du dir vorstellen, wie das wirklich wahre Leben aussieht. Auto, Steuer, Versicherung, Benzin, Miete, Strom, Telefon ... die Liste ist lang und die Arbeitsbedingung schlecht.

Ein Leben im Glauben hat hier ganz reale Züge und das nicht seit gestern. Weißt du, wie sich das anfühlt, wenn die hochbezahlten, steuerfreien Politiker sich hinstellen und sagen, ‚wir jammern auf hohem Niveau‘?! Ob die überhaupt wissen, was an der Basis los ist? Ich weiß, sie kümmern sich rührend um uns“, schließe ich ironisch ab.

„Oh Mann, ihr verdient wirklich grottenschlecht“, bestätigte Christin, „vielleicht ist es besser, was anderes zu suchen. Aber jetzt brauchst du erst mal einen Vertrag“, rät sie mir.

„Gut, nun bist du dran. Erzähl mal, wie läuft’s bei dir im Büro?“

Wir plauderten noch lange.

Abends lag ich wach im Bett. Meine Sorgen wälzte

ich wie einen Felsen auf meinen Chef im Himmel, sonst bekam ich kein Auge zu. Ich erinnerte mich, dass ihm kein Ding unmöglich ist und er um mich weiß. Ich wickelte diese Erkenntnis um mich, wie Stockbrot um den Stecken, bevor er ins Feuer kommt. Gerne wäre ich ein Riese im Glauben, der durch so ein Tal einfach durchmarschiert, ohne mit der Wimper zu zucken, aber ich bin Mensch und weit entfernt von Vollkommenheit.

Als ich einen Tag später abends wieder bei meinem Becher Tee saß, kam Siglinde, die ältere, vitale Dame, mit der ich mir ein Fachwerkhaus teilte, durch die Tür.

„Hast du einen Moment Zeit für mich?", fragte sie
„Ja klar, komm' rein. Setzt dich. Möchtest du einen Tee?"

„Gerne, ich habe den ganzen Tag zu wenig getrunken. Ich vergesse das immer."

„Bist du wieder unterwegs gewesen? Du bist eine echte Wanderniere", bemerkte ich scherzhaft.

„Ich war bei meiner Tochter. Sie will neben ihrem Job ein Studium beginnen, ist alleinerziehend und mit allem völlig überlastet. Wir haben uns in Oberwiesental getroffen und zwei Wohnungen angesehen. Sie will umziehen und hat mich gefragt, ob ich bei ihr einziehen will. Zumindest für 2–3 Jahre, bis sie mit dem Studium fertig ist. So könnte ich mich um meine Enkelin kümmern, sonst ist die ganz allein. Ich will ihr so gerne helfen, und in der einen Wohnung war ein Zimmer, das mir gefallen hat."

„Oh, soll das heißen, du willst ausziehen?", fragte ich Siglinde und schaute sie überrascht an.

„Ich habe so ein schlechtes Gewissen. Schließlich war es meine Idee, hier zusammen einzuziehen", entgegnete sie kleinlaut.

„Bleib mal ganz entspannt. Sag mir lieber, wann du ausziehen willst, falls es dafür schon einen Termin gibt", sorgte ich mich um meine Zukunft.

„Ja, Ende Juni, also in vier Wochen. Kannst du denn die Miete allein zahlen", fragte sie.

„Nein, eigentlich nicht. Wenn ich die volle Miete für das Haus zahlen muss, bin ich pleite. Mal abgesehen davon, dass im Herbst der Öltank betankt werden muss", gab ich zu bedenken.

„Ich könnte vielleicht eine weitere Miete zahlen, aber bei mir ist es auch knapp, der Umzug wird kosten", sagte sie ehrlich.

„Wie sieht es mit unserem Mietvertrag aus?", wollte ich wissen.

„Die Kündigungsfrist wird für Ende Juni abgelaufen sein. Die Vermieter kommen morgen Abend vorbei, ich habe sie zum Abendessen eingeladen. Dann können wir es mit ihnen besprechen", fügte sie nüchtern hinzu und sah mich verlegen an. „Bist du mir wirklich nicht sauer?", fragte sie nochmal und trank den Rest aus ihrer Teetasse.

„Nein, sauer bin ich nicht. Aber ab jetzt komme ich unter Druck. Mein Arbeitsvertrag läuft in sechs Wochen aus und du erzählst mir, dass du ausziehen möchtest. Morgen kommen die Vermieter, das ist alles ein wenig plötzlich."

Siglinde saß am Küchentisch und schaute mir beim Kochen zu. „Das du so ruhig bleibst?"

„Ach, ich weiß momentan nicht, wo mir der Kopf steht, viel Zeit zum Denken bleibt mir nicht. Aber irgendwie wird es gehen. Es ist leicht, Gott zu vertrauen, wenn die Sonne scheint, aber wenn der Regen einsetzt ..."

Sie nickte zustimmend „Gut, dann will ich mal nach oben gehen. Bist du morgen um 18:00 Uhr bei mir im Wohnzimmer?"

„Ja, bin ich."

Normalerweise habe ich einen Schlaf wie ein Murmeltier, aber in Zeiten wie diesen funktionierte das nicht. Meine Gedanken fuhren mit mir Achterbahn und Karussell gleichzeitig, Gefühle wie im freien Fall. Als würde ich im Zirkus hoch oben am Trapez ängstlich hin und her schwingen, den Absprung verpassen und fallen und fallen und fallen. Mein einziger Gedanke: Ich habe kein Netz!

Im Auto hörte ich während jeder Fahrt ohrenbetäubend laute, nervenaufpeitschende Rockmusik mit einem schnellen harten Beat, weil sich mein Leben genauso anfühlte.

Den Vermietern haben wir am nächsten Abend reinen Wein eingeschenkt. Ein liebevolles Ehepaar, mit denen wir ein gutes Verhältnis pflegten. Er hatte sich alles angehört und bedächtig gesagt: „Das passt mir gut. Ich wollte sowieso die Fenster erneuern. Dann gehen wir davon aus, dass Ende Juli das Haus leer sein wird. Um die Kündigungsfrist braucht ihr euch nicht sorgen, das machen wir so. Eine Kaution gab es eh nicht. Schaut mal, wie es bei euch läuft. Ab dem ersten Juli wohnen nur noch Sie hier. Ich mache euch die Nebenkostenabrechnung fertig." Er sah mich wohlwollend an. „Sollten Sie spontan nach Helgoland umziehen, dann machen Sie sich um die Miete keine Sorgen. Ich komme Ihnen entgegen. Sollten Sie bleiben wollen, dann geht das auch. Halten Sie mich einfach auf dem Laufenden." Er schaute seine Frau an, die zustimmend nickte.

Als die beiden durch die Tür gingen, musste Siglinde sich erstmal setzen.

„Hast du mit so viel Gutmütigkeit und Entgegenkommen gerechnet? Ich bin überwältigt. Die lassen mich einfach gehen, ohne Bedingungen. Also, das ist großartig. Und was machst du jetzt? Was wird mit dir?"

„Das werden wir in den nächsten Wochen sehen. Es bleibt spannend. Aber mir ist heute ein wenig Druck von den Schultern genommen worden. Sollte ich die Möglichkeit bekommen, nach Helgoland zu ziehen, dann steht mir der Mietvertrag nicht im Weg. Aber wenn nicht, dann brauche ich einen Mitbewohner. Es gibt keinen separaten Eingang, jeder muss durch meine Wohnung, um in die obere Etage zu kommen. Oben ist keine Küche, die Räume sind so niedrig, dass ich bequem die Decke berühren kann. Keine Wand ist gerade. Ein hundert Jahre altes Fachwerkhaus direkt in der Innenstadt mit spärlichen Park-möglichkeiten. Wer würde solche Kompromisse machen? Ob mir das recht wäre? Vor allem in den nächsten vier Wochen ist es äußerst sportlich einen Mieter zu finden."

Es half alles nichts. Die Zeit rannte wie ein Förderband, unaufhaltsam, und ich war daran festgezurrt. Es hielt einfach nicht an, es lief und lief und lief, auch wenn ich HALT! rief.

10

Spaß im Bewegungsbad

Vormittags wurde ich zum Seniorchef der Klinik gerufen. In der Leseecke wartete er auf mich, und wies mir einen Sessel zu.

„Bitte setzten Sie sich doch."

Ich saß auf der vorderen Kante, weil ich seit drei Minuten im Bewegungsbad sein musste. Hoffentlich dauerte das hier nicht so lange.

„Ich möchte Ihnen mitteilen, dass ab heute das Bewegungsbad wieder in Betrieb ist. Wir haben es renoviert, aber die Farbe ist noch nicht trocken. Die Patienten sollen sich mäßigen. Es hat jetzt eine Gegenstromanlage, Massagedüsen, einige Spielereien, eine moderne Treppe und eine neue Folie, weil es undicht war."

Ich nickte ihm zu. „Ja, werde ich berücksichtigen, danke für den Hinweis", und verschwand eilends ins Kellergeschoss.

Im Treppenhaus kam mir der Hausmeister entgegen.

„Hi Frank, sag mal. Kannst du mir schnell zeigen wo die Gegenstromanlage an- und ausgeht? Wo sind die Schalter? Weis mich bitte schnell ein."

Er winkte ab: „Ach, vergiss es. Alles nur Show mit Sparprogramm. In der Gegenstromanlage ist kein Motor drin, die anderen Dinger gehen auch nicht, ein Schalter ist schon kaputt und dicht ist es auch nicht. Sifft sogar noch mehr durch als vorher."

Ich schaute ihn schockiert an.

„Wie soll ich das den Patienten verklickern? Da ist eine große Gruppe Handwerker im Bad, die Gelenkoperationen hinter sich haben. Die sind doch nicht doof! Das sind gestandene Männer! Oh, wie ich diesen Beschiss hasse."

Er verdrehte die Augen, lief einfach weiter und murmelte: „Und ich erst."

Schnell, die Zeit drängte. Als ich im Bad ankam, sah ich, wie die Herren Arschbomben ins Becken machten. Das Wasser tropfte samt Farbe bereits von der Decke. Der Boden überschwemmt, die Stimmung extrem ausgelassen! Die Wände und Fensterscheiben hatten auch eine Vollwäsche bekommen.

Ein großer kräftiger Zimmermann kam zu mir an den Rand geschwommen, griff in das Loch der Gegenstromanlage und sagte verblüfft: „Da ist ja gar kein Motor drin? Und die anderen Spielzeuge gehen auch nicht. Weder die Düsen noch der Wasserfall. Die Treppe hat kein Geländer zum Festhalten. Mit meinem Knie komme ich die großen tiefen Stufen nicht runter. Wir haben das per Arschbombe gelöst."

Er schaute zur Decke: „Und die Farbe ist wohl auch noch nicht trocken", und blinzelte mich verschmitzt an.

Im Hintergrund grölendes Gelächter der Handwerkertruppe, da war richtig Stimmung. Alle schauten mich fragend an.

„Ich habe noch keine Einweisung bekommen, bitte fragen Sie das den Hausmeister oder die Verwaltung. Die haben das voll im Griff. So, die Herren! Es geht los! Jeder sucht sich einen Platz zum Turnen."

Innerlich machte ich einen großen Haken an die Klinik. Wie oft hatte ich der Verwaltung mitgeteilt, was für Patienten im Bad unverzichtbar war. Die waren völlig beratungsresistent. „Ach, die Krabbeltanten im Keller", hatten sie ignorant bemerkt. „Macht doch irgendwas, hopst ein bisschen rum. Kann doch nicht so schwer sein, oder können Sie das auch nicht?"

Abends beim Tee ein Lichtblick! Das Telefon klingelte, es war Fritz Schröder vom Kurmittelhaus.

„Ich wollte mal fragen, wie es bei dir aussieht. Willst du noch kommen? Dann gebe ich deine Bewerbungsunterlagen jetzt ab."

Ja, es sieht gut aus. Ich will gerne kommen. Meine Zusage steht."

„Gut, ich wollte nur wissen, ob du noch am Start bist. Dann melde ich mich, sobald ich mehr weiß", sagte er ruhig und legte auf.

Ein Lichtblick! Er hatte mich nicht vergessen.

Helgoland war mir im Alltagstrubel völlig flöten gegangen. Ein Abschied aus meinem heimatlichen Gefilde fiel mir jeden Tag leichter. Wenn Fritz mir zusagte, könnten die mich alle mal ‚gerne haben'.

An diesem Abend ging ich mit einem glücklichen,

zufriedenen, genüsslichen Lächeln zu Bett. Alles gut!

Diesmal keine Einschlafprobleme. Wenn ich an Helgoland dachte, dann genoss ich tiefen Frieden. Irgendwie waren dann alle Sorgen weg.

Gottes Führung empfinde ich manchmal wie „Topfschlagen". Das haben wir als Kinder bei Geburtstagen gespielt. Einer bekommt die Augen verbunden und einen Kochlöffel in die Hand. Im Raum wird ein großer Kochtopf kopfüber auf den Boden gestellt, darunter liegt Schokolade. Nun muss derjenige sich mit dem Löffel vortasten, und alle andern rufen ‚warm' für richtige Richtung und ‚kalt' für falsche Richtung. Genauso empfinde ich es manchmal mit Gott. Unfriede ist ‚kalt' und Frieden ist ‚warm'. Eigentlich ganz einfach.

Mein Pastor hat mal gesagt: „Gott ist einfach, Menschen hochkompliziert." Stimmt! Denke ich an Helgoland ... ‚warm'.

Die Woche war geschafft, ich kam durch die Haustür und ließ alles fallen. Endlich Wochenende!

Meine Jungens Jürgen und Tom kamen zur Kinderdienstvorbereitung, die Wohnung musste geputzt, die Wäsche gewaschen und gebügelt, der Einkauf eingeräumt und die Blumen gepflegt werden. Vor dem Haus wuchs das Unkraut, der Besen kam zum Einsatz.

Ob ich das noch lange machen werde? In wenigen Wochen könnte alles vorbei sein. Oder auch nicht. Wissen tut es nur der Himmel, und der rückt momentan keine Info raus.

Am Sonntag sprang Siglinde mit ins Auto, wir fuhren gemeinsam zum Gottesdienst. Es ist wie eine Tankstelle auf dem Weg durchs Leben. Anhalten, auftanken, mitnehmen, was man braucht und gestärkt wieder auf die Reise gehen. Ein kleines Team mit Gitarre und Keyboard richtete unsere Sinne mit melodischer, zeitgemäßer, wunderschöner Musik auf Gott aus. Nach dem dritten Lied waren meine Sorgen verschwunden und ich wusste, dass alles gut werden wird.

Mein Glaube wuchs und mein Herz jubelte. Liebe, die auf Gegenliebe stößt. Man liebt und wird geliebt. Meine Zuflucht, meine Sicherheit, meine Zuversicht, meine Freude, mein Leben und Grundlage für jedes Vorhaben. Nirgends bin ich glücklicher. Jetzt konnte es weitergehen.

Auf der Autofahrt nach Hause meinte Siglinde: „Wir wissen beide nicht, wie das alles werden wird, aber wir haben einen Schatz, unseren Glauben, der uns trägt."

„Ja stimmt, und mehr brauchen wir nicht. Lass uns eine Tasse Kaffee trinken, es wird eine der letzten sein. Du wirst mir sehr fehlen, ich habe gerne mit dir zusammengewohnt."

Sie schaute mich mit ihren liebevollen Augen an und sagte: „Jedem Anfang liegt ein Zauber inne. Denk an den Anfang, nicht an das Ende."

Eine Abschiedsstimmung befiel mein Herz. Ich versuchte, mich an der Zukunft zu freuen, aber es gelang mir nicht. In den nächsten Tagen schaute ich bewusster im Alltag auf Freunde, Arbeit, Familie, Kollegen, Nachbarn, Geschwister ... überall beschlichen mich Abschiedsgefühle.

Meine Dienstagabend-Privatpatientin Hildegard bemerkte die Veränderung und platzte während der Behandlung raus: „Du wirst doch nicht weggehen?" Sie schaute mich empört an, als ob ich einer Schnapsidee aufgesessen wäre.

„Lass mich ein bisschen träumen", beschwichtige ich sie.

„Nur träumen! Mehr nicht!", erhob sie drohend ihren Zeigefinger. „Wer soll mich denn weiterbehandeln? Du musst auch an mich denken!" Ihr Gesicht wechselte von fassungslos auf beleidigt.

Genießerisch lachte ich: „Danke für das Kompliment! Das tut gut! So, nur noch die Hand und die Schulter, dann sind wir fertig für heute."

11

Wer so eine Mutter hat,
kann sich glücklich schätzen

Abends fuhr ich zu meinen Eltern. Meine Mutter war leidenschaftliche Saunagängerin. Einmal pro Woche ging sie in die Damensauna und ich, kleine Maus, durfte mit 5 Jahren schon dabei sein.

Manchmal brachte die Eigentümerin der Sauna leckere Bratäpfel direkt aus dem Ofen in den Ruheraum. Die waren mit Nüssen und Kirschwasser gefüllt, sehr lecker, dann war Geschnatter im Ruheraum. Aber meist habe ich mich in der Sauna auf den Steinboden gesetzt, weil es mir viel zu heiß war.

Die eine Frau hatte einen Tante-Emma-Laden und gab die Dorfneuigkeiten preis. Eine andere erzählte, wie sie sich kämpferisch gegen die Meinung ihres Mannes durchgesetzt hatte, und die nächste von ihren Kindern und deren Schulproblemen. Wenn die alle ins Erzählen kamen, hatte ich die Ohren gespitzt und war beim Lauschen erwischt worden.

„Schau mal, Margarete, deine Tochter kühlt sich den Hintern am Steinfußboden ab, damit sie nicht raus muss und alles mitbekommt, was wir uns hier erzählen. Ihre Augen werden immer größer, und ihre

Ohren wachsen wie Rhabarberblätter." Ein Gelächter wie im Hühnerstall prasselte auf mich herab. Das war mit egal, wollte ich doch was vom Leben mitbekommen. Meine Kinderohren haben nur so geklingelt.

Jedes Mal, wenn Mutti rief „Komm, wir gehen in die Sauna", habe ich mein Handtuch geschnappt und bin ins Auto gesprungen. Das Angebot habe ich mir nicht entgehen lassen. Sie hat die Schlümpfe-Kassette im Auto für mich abgespielt, und ich habe mich auf die Rückbank gekniet, damit ich aus der Heckscheibe schauen konnte.

Zu der Zeit gab es noch keine Sicherheitsgurte oder Kindersitze. In dem Dorf, wo wir wohnten, hatte kaum jemand ein Auto. Das war Luxus! Die Frauen fuhren mit dem Fahrrad zum Einkaufen und mit dem Ackerschlepper zum Arzt. Die Landstraßen waren meist leer, kaum ein Auto eher ein Heuwagen oder eine Herde Vieh. Verkehr wie heute gab es damals nicht.

Diese Saunatradition mit meiner Mutter hielt mein ganzes Leben an. Irgendwann kam sie nach Hause und sagte: „Ich war mit Vati im Baumarkt. Da stand eine Sauna, schön mit Glastür für drei Personen und kleinem Ofen. Die Saunaaufguss-Flasche, die ich eigentlich nur kaufen wollte, klebte so fest am Türgriff, dass ich die Sauna mitnehmen musste", und steckte sich genüsslich eine Praline in den Mund.

„Bekommen wir eine Sauna in den Keller?", fragte ich und griff freimütig in die Pralinenschachtel.

„Ja, sie wird nächste Woche eingebaut. Wenn ich die Saunagebühr zusammenrechne, kann ich mir auch eine eigene kaufen. Die Damen können ja zu mir kommen. Die Pralinen sind der Vorgeschmack", und hielt mir die Schachtel ein zweites Mal vor die Nase.

Das war das Ende der Damendorfgemeinschaft, ihnen war die Sauna zu klein. Ab da war montags Muttis Saunaabend, und wenn ich ihren Rat brauchte, saßen wir da drin wie die Indianer im Zelt des Rates ums Feuer. Diesen ehrlichen Austausch habe ich sehr geschätzt und oft genug gebraucht, wie auch jetzt.

„Oh Mutti, bei mir ist was los. Mein Leben fühlt sich an wie eine Achterbahn. Es ist ein wilder Ritt! Gestern Abend klingelte es bei mir an der Haustür. Es war Reiner, er ist auch in der Freikirche. Er meinte ganz aufgebracht, ich solle mal in meine E-Mails schauen, die wären alle verrückt geworden. Da sei ein Brief von der Gemeindeleitung gekommen. Er fuchtelte mit den Armen aufgeregt herum, schwang sich wieder auf sein Motorrad und knatterte davon.

Ich habe nachgeschaut.

Da war eine Mail, die meine Freundin Rita sehr heftig und unangemessen angegriffen hatte. Wie Sprengstoff war die Wirkung. Du kannst dir nicht vorstellen, was seitdem los ist. Die einen sind loyal zu Rita, und die anderen klagen sie an. Verstehen tue ich das nicht. Die Mail ist auch wirklich unmöglich geschrieben, ich habe sie Christin am Telefon vorgelesen, die ist dabei eingeschlafen. Wahrscheinlich ist es das Beste, man ignoriert so einen Blödsinn. Aber leider geschieht das Gegenteil. Es ist wie eine Explosion! Wie Öl ins Feuer! Mutti, da habe ich so viel Frieden gefunden. Können die sich nicht einfach akzeptieren, wie sie sind?

Wegen der Kinderarbeit bin ich dort hingezogen. Die beiden Jungs von Rita helfen mir hervorragend, das macht richtig Spaß. Jetzt hört es auf, bevor es angefangen hat. Mir fliegt gerade alles um die Ohren, was mir lieb und teuer ist."

Meine Mutter wischte sich den Schweiß vom Gesicht.

„Das tut mir leid. Aber wolltest du nicht nach Helgoland? Es ist nicht mehr lange, dann läuft dein Arbeitsvertrag in der Klinik aus. Dann werden wir sehen, ob sich da eine Tür für dich öffnet", gelassen legte sie das Handtuch auf die Seite.

Ich plapperte aufgebracht weiter: „Ich fühle mich wie ein Vogel, der von seiner Nahrungssuche zurückkommt und sein Nest zerstört vorfindet. Nu sitze ich da auf meinem Ast und zieh eine Schnute. Das ist nicht witzig."

Sie schaute mit Schalk in den Augen zu mir rüber und zeigte mit dem Finger auf mich.

„Wenn du jetzt eine Zusage von Helgoland bekommst, brauche ich dich nicht suchen, ich weiß, wo ich dich finde. Was kann dir schon passieren? Du hast noch ein Elternhaus, die Tür ist immer offen für dich, das weißt du. Wenn du auf die Insel ziehst, dann mache ich Vati Feuer unterm Hintern", sie griff nach dem Handtuch und wedelte freudig und jauchzte. „Dann verkaufen wir die Hütte und ziehen auch auf die Insel. So, und jetzt brauche ich eine kalte Dusche und ein Bier, das zischt."

So wie ich mit meiner Mutter gerne in die Sauna gehe, geht meine Schwester Angela mit ihr shoppen. Die beiden verbindet eine Kreativität, die mir nicht in dem Maße gegeben ist. Sie ziehen gemeinsam durch die Läden und schließen den Einkauf mit einer traditionellen Tasse Kaffee in einem gemütlichen Café ab. Einmal haben sie die Geldbeutel getauscht. Jeder durfte darüber verfügen, wie er wollte. Irgendwie hat jeder seine eigene Beziehung zu ihr.

Mich nervt das Shoppen, deswegen schaue ich höchstens im Café vorbei und inspiziere die Einkaufstaschen.

Angela hatte es diesmal so organisiert, dass wir uns dienstags direkt nach meiner Patientin beim Chinesen trafen. Der Arbeitstag war lang, und ich war geschafft. Angela und Mutti waren bereits da.

„Du siehst müde aus", begrüßte mich Mutti und nahm mich liebevoll in den Arm.

Angela legte ihre Hand kumpelhaft auf meinen Rücken, als wollte sie mich aufrichten. „Bei dir geht ja die Post ab. Setz dich erst mal. Die gebackenen Bananen sind ein Gedicht."

Mutti steckte sich gerade eine in den Mund und murmelte: „Hm, lecker! Einmal die Woche muss ich mal raus aus dem Haushaltstrott", und lächelte Angela dankbar an.

„Ich habe Hunger wie ein Löwe. Schwesterchen, du hast echt die besten Ideen."

Sie schaute mich ernst an: „Naja, wir müssen reden und alle Eventualitäten bei dir durchspielen. Wir sind für dich da, ist ja nicht so, als hättest du keine Familie. Nun hol dir was zu essen, wir sind schon bei der Nachspeise."

Mutti betrachtete mich aufmerksam.

„Wann genau läuft dein Arbeitsvertrag aus?"

Ich trank von dem leckeren Jasmin Tee und stellte die winzige chinesische Tasse ab.

„Es ist der dritte Juli um 10:30 Uhr. Abzüglich der Überstunden fällt genau dann der Hammer."

Angela holte ihren Terminkalender aus der Handtasche.

„Lass mal sehen, wie es da bei mir aussieht. Hm, nehmen wir an, es klappt mit Helgoland ... Wann würdest du dann ausziehen?"

„Dafür brauche ich Zeit, das geht nicht so schnell. Ich rechne mit Mitte August, bis ich fertig bin", und steckte mir müde ein knuspriges Stück Hähnchen in den Mund.

„Im August geht bei mir gar nichts. Da bin ich ausgebucht. Direkt die Woche nach dem dritten Juli habe ich Zeit, danach erst wieder im September. Im August kann ich dir nicht helfen", stellte sie nüchtern fest und nahm die Lesebrille von der Nase.

„Du meine Güte, das ist in vier Wochen", warf Mutti ein und schaute mich erschrocken an. „Kinder, die Zeit rennt. Junge, Junge, das wird jetzt spannend."

„Ja, mir ist es momentan zu spannend, viel zu spannend. Es macht auch keinen Sinn mehr, in Trautheim zu bleiben, da mir die Arbeit mit den Kindern flötengegangen ist und ich meine Miete nicht aufbringen kann. Ein Untermieter wird sich so schnell nicht finden, und die Agentur für Arbeit wird die Miete nicht übernehmen, weil es ein paar Quadratmeter zu viel sind. Wo soll ich dann hin?", ich holte mir Nachtisch.

„Hoffentlich sind noch frittierte Bananen da."

Als ich mit meinem Teller vom Buffet zurück kam herrschte betretenes Schweigen. Angela stellte die Teller zusammen und schaute mich besorgt an.

„Gut, wie auch immer das wird. Ich kann dir nur in dieser einen Woche vom siebten bis zum vierzehnten Juli helfen. Solltest du da Hilfe brauchen, bin ich sofort da. Ich halte mir diese Zeit frei", sie klappte ihren Terminkalender zusammen und steckte ihn zurück in ihre Handtasche. „So Mutti, es ist spät. Vati wartet zu Hause, wir müssen wieder los, und Anke sieht auch aus, als könnte sie eine Mütze voll Schlaf gebrauchen."

Ich tunkte die letzte Banane in den Honig und tröstete mich mit dem süßen Schmaus.

„Jetzt bin ich wieder wach. Entweder gleich nach dem letzten Tag umziehen oder gar nicht. Super! Wieder eine ‚Deadline' mit Schweißperlen auf der Stirn. Die mag ich so gerne, davon habe ich ja so wenig.", nölte ich ironisch in die Runde und griff nach meiner Jacke. „Danke für das Essen. Ich bin echt froh, dass ich euch habe. Lasst uns gehen, ich habe noch sechzig Kilometer Autobahn vor mir und morgen klingelt um 5:30 Uhr der Wecker."

Am nächsten Tag in der Klinik klopfte ich an die Tür des Personalchefs, Herrn Steuler.

„Herein", tönte es „Na, was haben Sie für Problemchen?"

„Ich nicht! Aber Sie! Seit fast zwei Jahren arbeite ich hier, und Sie haben mir bis heute keinen Arbeitsvertrag vorgelegt. Nun bleibe ich hier sitzen, bis ich ihn in den Händen halte. Sollte mich irgendjemand im Haus vermissen, weil gerade seine Therapie ausfällt, werden Sie so freundlich sein, das zu erklären", warf ich ihm entgegen und setzte mich gemütlich auf den Stuhl ihm gegenüber.

„Ja, ja schon gut. Schließlich habe ich nichts Wichtigeres zu tun, als mich um Ihre Belange zu kümmern."

„Ganz genau! Sie haben es erfasst, wie schön", murrte ich und schaute ihm ernst in die Augen. „Ich habe jetzt Zeit", ließ ich ihn wissen und lehnte mich zurück.

Er brach seine Arbeit genervt ab und suchte nach einer Vertragsvorlage im Computer. Der Drucker hämmerte los, er gab mir den Ausdruck in die Hand.

„Bitte schön, die Dame. Jetzt zufrieden?"

Ich überflog die Zeilen. Da stand es. ‚Auf zwei Jahre befristet', aber das Eintrittsdatum war falsch. Ich gab es ihm wieder zurück.

„Wäre ja schön, wenn es gleich beim ersten Mal fehlerfrei wäre. Schauen Sie mal aufs Datum. Klappt ja prima bei ihnen hier im Büro. Sie haben den vollen Durchblick. Sollten Sie mal an Rückenproblemen leiden, behandle ich Sie mit demselben Eifer und Ihrer rasanten Schnelligkeit. Ganze zwei Jahre nach Arbeitsbeginn bekomme ich endlich einen Vertrag", sagte ich gelassen und legte ihm den Vertrag wieder auf seinen Schreibtisch.

Ich konnte ihn nicht leiden. Er hatte mir mal eine Quittung aus der Hand gerissen und mir die entsprechenden 10 € nicht ausgezahlt. Eine versprochene Gehaltserhöhung nicht gewährt, zwei Monate sogar nur halben Lohn gezahlt. Wer ihm glaubte, hatte schon verloren.

Der Drucker knatterte los. Papierstau!

„So geht das hier ständig", kommentierte er, verdrehte die Augen und setzte seine Unterschrift unter beide Exemplare.

„Das glaube ich Ihnen aufs Wort", trötete ich ironisch.

„Hier. Haben Sie Ihren Vertrag. Sind Sie *jetzt* zufrieden?"

„Oh, wie schön! Und so schnell!" Ich schaute ihn erstaunt an, als ob ich ihm das nicht zugetraut hätte, und zog die Tür hinter mir zu. Oh, so ein Trottel, der nervte entsetzlich! Nun konnte ich getrost nach Hause tragen, was ich schwarz auf weiß besaß.

Abends machte ich Nägel mit Köpfen. Christin war am Telefon.

„So, ich habe meinen Zeitvertrag! Letzter Tag ist der 5. Juli, und es sind noch zwei Wochen. Jetzt ist guter Rat teuer."

Christin dachte laut: „Gut, bei der Agentur für Arbeit bist du gemeldet. Solltest du arbeitslos werden, fällst du nicht ohne Netz und doppelten Boden. Von dir aus gehen kannst du nicht, das bringst du wegen deinen Mädels nicht übers Herz. Eine neue Arbeit gibt es nicht, das Geld reicht nicht zum Überleben. Rechne dir mal aus, was du verdienen müsstest, damit du da weiterarbeiten kannst."

„Das habe ich schon", entgegnete ich. „Einen guten Tausender brutto mehr wäre mein eigentliches Gehalt, das würde reichen, um alle Kosten zu decken. Wenn ich das fordere, fliege ich hochkant durch die Tür und brauche den Ausgang gar nicht suchen."

„Prima", sagte Christin scharfsinnig, „dann hast du doch, was du willst. Da kann keiner was gegen dich sagen. Du hast nur gefordert, was dir zusteht, und wenn die nicht wollen, dann kannst du gehen und trägst keine Schuld. Dir ist doch dein Gewissen viel wichtiger als die Kohle. Die Agentur für Arbeit zahlt dir Arbeitslosengeld, und eine Stelle suchst du dir in aller Ruhe. Du findest was, da bin ich sicher."

Ich überlegte: „Hm, da kann nicht mal der Dr. Jansen was sagen, der wird sich auch einmischen, aber den werden sie in der Verwaltung überstimmen. Außerdem geht der Klinikeigentümer Herr Windt bald in den Urlaub, der genießt unseren Lohn in Asien und kommt Mitte Juli wieder. Wenn ich genau in der Zeit zum Steuler gehe, dann spare ich mir den emotionalen Wutausbruch vom Windt. Soll der doch in Asien herumbrüllen, die Wasserflaschen durch die Gegen schmeißen und die Bilder von den Wänden reißen."

Wir kicherten beide ins Telefon wie Kindergartenkinder.

Christin kommentierte in ihrer unverwechselbar

nüchternen Art :„Was kannste schon verlieren? Geh das Risiko ein, da wirst du eh nicht glücklich. Eigentlich hast du mit der Klinik schon abgeschlossen."

Während Christin redete, erinnerte ich mich an das Gespräch mit dem Orthopäden. Ich hatte ihn um ein persönliches Gespräch gebeten und meine Situation beschrieben. Mir klangen seine Worte im Ohr: „Sie müssen überlegen, ob Sie ihre besten Jahre dieser Klinik schenken wollen."

Dieser Klinik? *Meine besten* Jahre? Niemals!!!

Tage später sagte ich in der Mittagspause zu meinen Mädels in die gefräßige Stille: „Mein Vertrag läuft Ende nächster Woche aus. Der fünfte Juli ist mein letzter Arbeitstag!"

Nora richtete sich vom Stuhl auf und streckte ihren Rücken durch.

„Na, und? Dann kommst du einfach weiter und arbeitest ohne Vertrag, haben doch viele andere auch gemacht. Meinst du, der Steuler merkt, wann Fristen ablaufen? Das läuft, da brauchst du dir keine Sorgen machen."

Ich drehte mich leicht zur Seite.

„Aber meine Mitbewohnerin ist vor drei Wochen ausgezogen, und allein kann ich die Wohnung nicht bezahlen."

„Dann fragst du, ob er dir einen Hunderter mehr gibt", sagt Nora gelassen und löffelte ihren Jogurt entschieden weiter.

„Gute Idee! Als du den Windt letztes Mal nach einer

Vorauszahlung gefragt hast, hat er dir eine Scheibe Weißbrot angeboten. Mann, ist der feinfühlig! Und so großzügig!" – KLING! – Silke fiel der Löffel auf den Boden. Sie hob ihn wieder auf und sagte dabei: „Stimmt, der rückt keinen Cent raus."

„Wobei mir hundert Euro nicht helfen., setzte ich oben drauf.

Stille – ich ließ das langsam sacken.

„War ja klar! Wir wissen alle, wie das hier läuft. Schau doch mal, wer vom Klinikpersonal länger als zwei Jahre dabei ist. Die kannst du an einer Hand abzählen", brachte Karin es auf den Punkt und machte ihre leere Tupperdose zu.

Nora gab nicht auf: „Und wenn ich bei dir einziehe? Die Oma ist doch raus."

„Wirklich? Offene Wohnung, du musst immer bei mir durch den Flur. In der Innenstadt, laute Musik Fehlanzeige, keine Küche, schiefe Wände, schlechte Raumaufteilung, im Winter kalt im Sommer warm, Ausblick auf die nächste Hauswand. Soll ich weiter machen?"

„Nee, lass mal. Das ist keine Lösung. Mir fällt auch keiner ein, der da einziehen könnte", piepste Nora nachdenklich.

„Ich will auch nicht irgendeinen einziehen lassen."

Sie schaute traurig zu mir rüber: „Du bist mir wie eine Mutti."

„Oh, bitte nicht, dass kann ich nicht aushalten", schnell aß ich mein Schüsselchen leer.

Silke schaute zu Nora rüber. „Wenn mein Freund

die Ausbildung fertig hat, wollen wir auch wieder zurück in die Heimat."

Karin schaute frustriert: „Mein Vater hat meine Gehaltsabrechnung gesehen und zu meiner Mutter gesagt: Die müssen wir mal reich verheiraten."

Ich schaute zu Nora. Sie zog eine Schnute.

„Ach Mensch, ich habe die ganzen Jahre hier keinen coolen Typen gefunden. Nur Schrott!"

Schweren Herzens schraubte ich mich vom Stuhl.

„Die Pause ist schon wieder um. Wir haben jetzt Arztbesprechung. Hey Nora, dein Mr. Heiße-Liebe-Tee wartet sicher schon. Wenn du dabei bist, verpasst der keine Besprechung."

Die nächsten Tage war ich froh, wenn ich überhaupt zu meiner abendlichen Tasse Tee kam. Entweder klingelte das Telefon oder die Türklingel. Die Aufregung in der Freikirche war groß, und es bestand erhöhter Gesprächsbedarf. Traurig tröstete ich, wo ich konnte, versuche verletzte Herzen zu verbinden, soweit es gelang. Worte können ein solches Feuer anzünden, so tief verletzen, dass man den Boden unter den Füßen verliert.

Ein Gesprächstermin für alle Beteiligten wurde auf Mittwochabend angesetzt, aber Rita wurde die Teilnahme verwehrt. Andere konnten den kurzfristigen Termin nicht wahrnehmen. Ich selbst hatte Bedenken, in der Situation den Mund nicht halten zu können und zwischen die Fronten zu geraten.

An diesem Mittwoch ging es mir vormittags in der

Klinik bereits emotional sehr schlecht, meine Nerven waren dünn wie Seidenfäden und gespannt bis aufs Äußerste. Jede Kleinigkeit brachte mich zum Zünden. ‚Keine Ahnung, wie ich das heute Abend durchstehen soll', dachte ich, während ich im Bewegungsbad die Übungen vormachte.

„So, jetzt die Arme rechts und links aufs Wasser legen und vor dem Körper zusammenführen und wieder zurück, ohne dass sich der Oberkörper bewegt. Nur die Arme gleiten übers Wasser."

Alle schauten mich an und machten meine Bewegungen nach. Es herrschte ein fröhliches Geplansche im Becken, die einen neckten sich, die anderen konzentrierten sich ernsthaft auf die Übungen. Eine Frau schaute ihren Armen nach und beobachtete, wie sich auf dem Wasser Schaum bildete. Sie schlug verdutzt aufs Wasser und traute ihren Augen nicht, Schaum entstand. Die ganze Gruppe machte es ihr genauso verwundert nach, und das Bewegungsbad verwandelte sich in ein Schaumbad. Alle schauten mich fragend an.

Ich traute meinen Augen nicht, wurde wütend über die Tatsache, dass jemand das Wasser mit einer Substanz versetzt hatte, mich aber nicht informierte.

Das Maß war voll, das mache ich nicht mehr mit.

„Was ist das?", unterbrach ein Patient meine verstörten Gedanken. „Hier schäumt es! Da muss was im Wasser sein! Das ist nicht richtig, hier stimmt was nicht."

Die Gruppe machte immer mehr Schaum, und alle

planschten wie verrückt umher. Ich griff zum Telefon, rief den Hausmeister an.

„Frank, was ist hier los? Ich bin im Bewegungsbad und meine Patienten nehmen gerade ein Schaumbad."

„Ach, stell' dich nicht so an", meinte er genervt, „wir haben die Ablaufrillen sauber gemacht, dabei kommt unweigerlich ein bisschen Reiniger ins Beckenwasser. Das kann man nicht verhindern. Planscht noch ein bisschen weiter, das geht von allein weg", und legte auf.

Ich stand vor der Gruppe wie ein kariertes Eichhörnchen, das die Ernte verpasst hatte. Ich wurde kreidebleich, zitterte innerlich und versuchte mit aller Anstrengung, meine aufgebrachten Gefühle unter Kontrolle zu bringen. Während ich zum nächsten Patienten durch den Flur eilte, wunderte ich mich über meine Überreaktion im Bewegungsbad.

Das bisschen Schaum hatte mich so aus der Fassung gebracht. Dabei hätte ich doch locker drüberstehen können! Komisch? Ich zitterte innerlich. Mich beschlich die leise Ahnung, dass ich nervlich nicht mehr im grünen Bereich arbeitete, sondern im tief dunkelroten.

Dann ging es direkt in die Massagekabine, der Patient wartete schon. Ich massierte gerade seine Schultern. Stille! Alle anderen waren auf Station oder im Außenbereich.

Dann hörte ich Karin in die Abteilung kommen. Ich erkannte sie am Gang. Mein Handy piepte, es lag direkt neben der Kabine über dem Schreibtisch in der

Ablage. „Karin, kannst du kurz schauen, wer mir gerade eine SMS geschrieben hat?"

„Ja, Moment …"

Ich hörte wie sie die Luft anhielt und mir das Handy neben den Patienten legte, sodass ich lesen konnte, was da stand.

Meine Schwerster Angela schrieb: ‚Vati hatte eben einen Herzanfall und ist im Garten zusammengebrochen. Er ist regungslos in sich zusammengefallen, keine Reaktion, nicht mehr bei Bewusstsein. Mutti und ich haben ihn ins Bett gelegt, wir sind völlig außer uns. Weiß nicht, was ich machen soll. Er schläft jetzt, Mutti hat sich dazugelegt.'

‚Oh nein, nicht meine Eltern! NEIN', schrie ich innerlich so laut ich konnte. ‚NICHT MEINE ELTERN!!! Nein! Wenn ich sie jetzt verliere. Das schaffe ich nicht!'

Ich beendete die Massage, wusch mir die Hände.

Karin schaute mich traurig an. „Tut mir echt leid …", hörte ich noch, dann vernebelte alles um mich herum, meine Beine wurden zu Wachs, ich rutschte an einem Türrahmen bis auf den Boden, verlor die Kontrolle, weinte und schluchzte so sehr, dass ich um Luft rang. Mein Herz brannte wie Feuer. Die Luftnot wurde immer schlimmer, ich röchelte, alles verschwand im Nebel. Ich versuchte, mich darauf zu konzentrieren, ruhig zu atmen, aber es ging nicht. Ich konnte es nicht kontrollieren, es war wie ein Krampf, alle Atemtechniken funktionierten nicht.

Wie lange das ging, weiß ich nicht. Irgendwann ließ der Weinkrampf nach, ich bekam wieder richtig

Luft und hörte Dr. Jansen sagen „Ok, hier geht erst mal nichts mehr. Es ist wohl besser, Sie bleiben ein paar Tage zu Hause."

Ich richtete mich auf. Jemand musste ihn wohl gerufen haben. Meine Mädels halfen mir auf einen Hocker. Er verschwand aus der Tür. Mein ganzer Körper zitterte, ich fühlte mich schwach, konnte keinen klaren Gedanken fassen. Die Physioabteilung kam zum Stillstand, meine Mädels standen geschockt um mich herum.

Dr. Jansen kam von der Verwaltung zurück und sagte: „So, jetzt können Sie zu Herrn Windt hoch gehen, er weiß Bescheid."

Ich stand auf, ging in die Verwaltung.

Missbilligend, mit ein wenig Verachtung im Gesicht, sagte der Klinikeigentümer Herr Windt: „Sie gehen jetzt nach Hause, und wenn Sie wieder fit sind, dann müssen wir miteinander reden."

Ich nickte, packte meine Sachen und lief direkt zum Parkplatz zu meinem Auto. Auf dem Weg fiel mir der Abendtermin wegen Rita ein. Gleichzeitig sah ich meine eigenen Eltern sterben, hoffentlich schaffe ich es noch rechtzeitig bis zu ihnen.

Das waren sechzig Kilometer Autobahn und weitere dreißig über Land. Ich musste schnell nach Hause, ich wollte sie nicht verlieren. Schnell griff ich zum Handy, wählte die Nummer vom Pastor.

„Hallo Klaus, ich hatte soeben einen Nervenzusammenbruch. Tut mir leid, aber ich kann heute Abend nicht zu dem Meeting kommen. Die nächsten Tage werde ich nicht erreichbar sein." Bis heute kann ich mich nicht an seine Antwort erinnern.

Die Hände fest ans Lenkrad geklammert fuhr ich die lange Strecke über die Autobahn. Langsam auf der rechten Spur, betend, dass ich es bis nach Haus schaffte und meine Eltern überleben mögen. Mir liefen die Tränen über die Wangen.

Nach einer Stunde fuhr ich in die Einfahrt des Hauses meiner Eltern, fiel fast aus dem Auto und traute meinen Augen nicht. Die Sonne schien, mein Vater stand putzfidel mit Harke und Rechen im Garten.

Meine Mutter stand ebenfalls auf der Wiese und schaute schockiert zu mir rüber. Meine Schwester stand neben ihr. Beide machten große Augen.

„Was machst du denn hier?", fragte Mutti. „Wie siehst du denn aus?"

Ich schaute Angela an. „Du hast mir doch eine SMS geschrieben, dass Vati einen Herzanfall hatte."

Angela drehte sich zu Mutti. „Wir müssen an unserer Kommunikation arbeiten."

Vati kam vom Beet zu mir rüber und trötete freudig: „Oh, hast du dich um mich gesorgt? Oh schön, wie ich das genieße. Schön ist das", tanzte mir entgegen und nahm mich in den Arm. „Hast du Angst gehabt, dass ich sterbe?"

Ich schaute meine Schwester fassungslos an.

Sie schaute zu Boden. „Es war so, aber dann ging es ihm wieder gut ,und in dem Gewusel habe ich vergessen, dir Entwarnung zu geben. Weißt du was? Hier ist mein Haustürschlüssel. Du fährst jetzt in meine Wohnung und bleibst da, ich bleibe bei Mutti und Vati. Später komme ich nach. In meiner Wohnung hast du keinen Handyempfang. Leg dich schlafen, wenn wir hier fertig sind ,mache ich dir einen Tee. Du bleibst ein paar Tage bei mir." Damit drückte sie mir ihren Schlüssel in die Hand und setzte mich wieder ins Auto.

Mutti sah mich entsetzt an und war fassungslos über meinen Zustand.

„Gib mir dein Handy, dieses Scheißding! Jetzt ist Schluss mit dem Klinikstress!"

Nach drei Tagen Ruhe fuhr ich von der Wohnung meiner Schwester zurück zu meinen Eltern. Mutti machte einen guten Kaffee und fragte nach der Situation in der Freikirche und der Klinik.

„Es ist sicher gut, dass du nicht ins Kreuzfeuer der Auseinandersetzung gekommen bist, und in der Klinik sei vorsichtig. Geh besser zum Arzt und hole dir einen gelben Schein. Die legen dir das später als Schwäche aus, obwohl die so auf dir rumgetrommelt haben."

„Was soll ich unserem Hausarzt sagen? Mir ist schlecht? Ich bin psychisch unstabil? Das ist doch doof! Das ist unser Hausarzt, der kennt mich seit meiner Schulzeit. Das glaubt der mir nie und ich will dem auch keinen ,vom Pferd' erzählen."

„Hm, denk dir was aus. Wie auch immer! Sicher dich ab, hole dir eine Krankschreibung. Ich sag es dir, die fallen dir in den Rücken. Sicher ist sicher."

Ich schaute auf die Uhr.

Dr. Rust hatte noch Sprechstunde, seine Praxis

befand sich nur ein paar Häuser entfernt.

Als ich an die Reihe kam, sah mich mein Hausarzt aufmerksam an. Er hatte eine ruhige erfahrene Art und konnte gut zuhören.

„Hallo Anke, wie geht es dir? Was führt dich zu mir?", begann er seine Behandlung.

Ich schaute ihm in die Augen und begann: „Ich arbeite momentan als leitende Physiotherapeutin in einer Rehabilitationsklinik. Ihnen brauche ich nichts erklären, Sie kennen den alten Grabenkampf zwischen Verwaltung und Ärzteschaft. Momentan gerate ich zwischen die Fronten."

Seine Augen sagten mir, dass er genau wusste, wovon ich sprach.

„Sie kennen das sicher. Ich will ein gutes Miteinander zum Wohl des Patienten, die Verwaltung streut Missgunst, weil sie Angst vor der Bildung eines Betriebsrates hat und misst alles am Kontostand. Klinikpolitik eben. Erschwerend kommt ein Gerücht hinzu, ich hätte ein Verhältnis mit dem Chefarzt. Das gießt noch mehr Öl ins Feuer."

Er schaute mir nüchtern und glasklar in die Augen.

„Und? Stimmt das?"

„Nein, es ist eine Lüge, nur Mittel zum Zweck. Aber dagegen angehen, kann ich mir sparen. Der Verdacht bleibt, und eine Rechtfertigung macht es nur schlimmer."

Ich erzählte ihm, dass ich zusammengebrochen war, als ich die Nachricht von Angela gelesen hatte, und Mutti mir letztlich geraten hatte, einen gelben

Schein zu holen. Er nickt verständnisvoll.

„Ich kenne diese Grabenkämpfe nur zu gut. Da muss du durch, das muss bis zum Ende durchgekämpft werden. Ich schreibe dich rückwirkend bis Ende der Woche krank. Es ist wichtig, Kraft zu schöpfen, dass wird noch nicht zu Ende sein. Wenn du merkst, dass du noch Zeit brauchst, dann komm wieder, und ich schreibe dich weiter krank. Mein Rat an dich: Geh' nicht zu früh zurück, dann liegst du gleich wieder auf der Nase, aber lass auch nicht zu viel Zeit verstreichen, sonst ist der Kampf verloren. Entscheide selbst!"

Er schaute auf die Krankschreibung, dann auf den Kalender. Der Drucker spuckte den gelben Schein aus.

„Hier, und alles Gute. Nimm es nicht so schwer. Das ist ganz normal." Er nickte mir zu, als wolle er mich wohlwollend wieder auf den Weg schicken.

‚Dieser Arzt ist eine Wohltat', dachte ich. Der findet die richtigen Worte. Er stärkt nicht nur den Körper, er weiß auch die Seele aufzubauen. Dankbar lief ich nach Hause.

„Hier Mutti, die Krankschreibung. Das Gespräch mit Dr. Rust war sehr wohltuend. Übrigens ist mein innerliches Zittern weg. Es war genau drei Tage da."

Mutti saß am Esszimmertisch, ließ sich entspannt gegen die Rücklehne fallen und schaute mich ernst an. „Jetzt können sie dir nichts am Zeug flicken."

Sie piekte ein Stück Kuchen auf die Gabel und genoss es mit zufriedener Miene.

„Ich kenne doch meine Pappenheimer. Der Windt

ist dir nicht wohlgesonnen. Das sage ich dir!"

„Deine Menschenkenntnis will ich haben. Das Wochenende werde ich noch brauchen, dann geht es zurück in die Arena."

Meine Mutter stand vom Tisch auf, nahm mich in den Arm und flüsterte leise. „Sei dankbar, dass du noch Eltern hast."

Ich konnte nicht antworten, hielt sie nur ganz fest in meinem Arm.

Ich betrat die Klinik, ging in die Verwaltung.

„Hallo Herr Windt, hier ist meine Krankenmeldung für die fehlenden vier Tage, mir geht es wieder gut. Sie wollten mit mir sprechen, hatten Sie gesagt?"

Er nahm den Schein entgegen und drehte sich missmutig zu mir um.

„Nee, ich will nicht mit Ihnen reden. Keine Lust! Sie können wieder gehen. Es wird kein Gespräch geben", und drehte mir den Rücken zu.

„Gut", entgegnete ich, „dann eben nicht."

Auf sein Wort konnte ich mich ohnehin nicht verlassen. Seine Willkür hing mir zu den Ohren raus. Ich zog die Tür hinter mir zu und dachte: ‚In zwei Wochen bin ich hier weg, und der fährt morgen zum 5. Mal in diesem Jahr in den Urlaub. Zwei neue BMWs stehen vor der Tür. Da hinein hat er meinen nicht gezahlten Monatslohn gesteckt.'

Das Pflichtbewusstsein dieses Mannes war an dem Tag in aller Munde. Uns erzählte er, das Gehalt müsse warten, jaulte, als ginge morgen die Welt unter und vor der Tür standen zwei neue Autos.

Hat jemand noch Fragen? Möchte vielleicht jemand wissen, ob er sich im Urlaub gut erholt hat?

12

Schwieriges Fahrwasser

Abends ging ich Martina besuchen. Wir hatten zusammen die Kinderfreizeit auf die Beine gestellt und verstanden uns gut. Sie wohnte mit ihrem Mann und zwei Söhnen, die auch in meiner Kindergruppe waren, in einem Haus im Wald. Sie hatte schulterlanges, schokoladenbraunes Haar, das sie meist locker am Hinterkopf zusammenband, braune mandelförmige Augen, mittelgroß, trug ausschließlich Hosen und T-Shirt. Sie konnte gut eine Idee praktisch umsetzen, war sehr strukturiert und geordnet. Sie scheute keine harte Arbeit und hielt ihre Zusagen ein. Was sie anfasste, machte sie mit Leidenschaft und ganzem Einsatz, ohne auf sich selbst Rücksicht zu nehmen. Ihr organisatorisches Talent, ihre kleinen Tipps sind es wert, sie ernst zu nehmen. Kurz: Ein ehrlicher und zuverlässiger Freund!

Ihr Olivenbrot war legendär. Das war so lecker, dass mir jegliche Selbstkontrolle flöten ging, wenn es auf dem Tisch stand. Wenn sie mich beobachtete, sagte sie meist: „Ich back' dir eins, ganz für dich allein." Mit einem braven Sonntagslächeln und Herzchen in den Augen säuselte ich dann: „Ja, bitte!"

An diesem Sommerabend war es bei ihr im Wald herrlich. Ihr Mann hatte den Grill an, auf dem Tisch standen Salate, die Jungs spielten auf der Wiese vor dem Haus, und neben ihr war noch ein Platz frei.

„Hallo Martina. Oh, sehe ich da Olivenbrot?", platzte es aus mir heraus.

„Viel ist es nicht, aber ich denke, das wird heute noch alle, wenn du hier Platz nimmst", kam es triumphierend zurück. „Schön, dass du vorbeikommst."

Das ließ ich mir nicht zweimal sagen und schloss die Gartenpforte hinter mir. Mein erster Griff ging zum Olivenbrot.

„Mmh, Himmel auf Erden. Kühle Waldluft, der Duft von Tannen, das leckere Brot und meine gute Freundin Martina auf einen Plausch. Sag? Kann man das toppen?"

Martina schüttelte den Kopf. „Du wieder!", und machte mir den Teller voll Salat. „Was willst du trinken? Eistee?"

„Gerne!"

Ihr Mann drehte sich vom Grill zu uns rüber.

„Ich lege euch das letzte Fleisch auf den Tisch und kümmere mich um die Kids, die müssen bald ins Bett. Morgen ist Schule."

Martina und ich futterten uns durch die Salatschüsseln.

„Sag mal", begann sie, „kannst du mir sagen, wie es sein kann, dass es nach diesem E-Mail über Rita einen Gesprächstermin gibt, zu dem sie nicht eingeladen ist? Und danach ein zweiter Abend nur mit der

Leitung und Rita allein? Ihr Mann wurde dabei ausgeschlossen, weil er kein Mitglied sei, so die Begründung. Ritas Mann hat sich dann schützend vor sie gestellt, ihr die Teilnahme an dem Gespräch untersagt, und Rita hat sich gefügt. Jetzt frage ich dich. Wer redet denn jetzt mit wem? Das ist doch nicht richtig."

Ich lehnte mich frustriert zurück in den Gartenstuhl und schaute in den Wald.

„Ich finde das auch nicht richtig. Da geht was schief. Warum hat der Mensch zwei Ohren und nur einen Mund? Weil man doppelt so lange zuhören soll als reden. Welch kleines Organ ist die Zunge, welch großes Feuer zündet es an. Nun brennt die Hütte, und wir haben den Salat", ich zeigte auf meinen Teller. „Toller Salat übrigens", schmunzelte ich sie an. „Da sind wohl ein paar Brandstifter unter uns", legte ich nach.

„Wohl wahr. Nimm dir noch Brot, du hast es noch nicht alle", gluckste sie mit schelmischem Blick und hielt mir das Olivenbrot unter die Nase. „Wenn sie Rita raushaben wollen, dann gehe ich auch. Morgen setze ich mich hin und schreibe einen Brief. Dazu werde ich mich äußern, das sage ich dir." Ihr Gesicht sah verärgert aus.

Viele, die dieses Vorgehen gegen Rita missbilligten, besuchten sie. Dadurch gab es regelrechte Treffen bei ihr zu Hause, zu denen sie gar nicht eingeladen hatte. Sogar Geschwister aus anderen Gemeinden kamen dazu. Jedes Mal war es richtig gut. So manchen Kaffee haben wir in der Zeit bei Rita getrunken.

Ihr Mann sagte: „Ich möchte auf einer Karte sehen,

wohin die Mail gegen meine Frau überall verschickt worden sind." Er sah mich fassungslos an, schüttelte den Kopf und verstummte.

Am nächsten Morgen kam Nora von der Gruppengymnastik in die Bäderabteilung.

„Die Windts sind alle in den Urlaub gefahren, die kommen erst Mitte Juli wieder. Dann gibt's bestimmt wieder eine Mitarbeiterbesprechung, weil er den Lohn nicht pünktlich zahlen kann. Oben sitzt nur noch der Steuler in seinem Büro."

Das war mein Startsignal. ‚Jetzt gehe ich hoch und verlange tausend Euro mehr, dann hat der Herr Windt im Urlaub ein bisschen Spaß ...' Ich sah ihn förmlich vor mir, wie er verärgert am Urlaubsstrand rumtobte: ‚Die spinnt, die Alte, keinen Pfennig kriegt die von mir!'

Ich ging die Treppe hoch, klopfte an der Tür von Herrn Steuler, dem Personalchef.

„Hallo, Herr Steuler. Die Tür ist ja offen? Erwarten sie noch Besuch?"

„Was wollen Sie denn schon wieder? Haben Sie Ihren Vertrag verschlampt? Da kann ich Ihnen auch nicht helfen", rümpfte er die Nase.

„Haben Sie mal genau aufs Datum geschaut? War ja erst falsch und jetzt haben Sie es nicht auf dem Schirm." Ich zog die Mundwinkel hoch und sagte ihm mit meinen Augen, dass ich ihn für einen unfähigen Trottel halte.

„Ach ... da war was", tat er unbedarft. „Ist es denn schon so weit? Und wie stellen Sie sich eine weitere

Zusammenarbeit vor?"

„Wenn Sie ab nächsten Monat einen Tausender drauflegen, bleibe ich."

Ihm stand der Mund offen, entschieden hob er ablehnend die Hand.

„Das ist ein bisschen üppig, finden Sie nicht?"

„Nein! Finde ich nicht! Das ist das Durchschnittsgehalt einer leitenden Physiotherapeutin: zweitausendsechshundert Euro brutto minimal. Sie sollten das wissen! Eigentlich sollten Sie das wissen!!! *Eigentlich!!!*"

„Ich werde mit Herrn Windt telefonieren und ihn in Kenntnis setzen", kam es routiniert zurück.

„Na, dann machen Sie mal. Hoffentlich funktioniert Ihr Telefon besser als Ihr Drucker", konterte ich, verließ sein Büro und zog die Tür hinter mir zu.

So, die Stinkbombe hatte ich gelegt, jetzt würde es mich vermutlich aus der Kurve wedeln. Letztlich hatte ich keine andere Möglichkeit. Entweder, ich konnte meine Miete bezahlen, oder es musste einen anderen Weg für mich geben. Aber arbeiten, um sich zu verschulden, das machte ich nicht. So sehr ich diesen Beruf liebte, spätestens jetzt musste ich die Handbremse ziehen.

Unten in der Bäderabteilung hatten die fünf Minuten beim Herrn Steuler zum Zeitverzug geführt. Drei Patienten warteten mit großen Augen auf mich. Schnell den einen auf die Motorschiene, den anderen zur Elektrotherapie und den dritten zu mir auf die Behandlungsbank.

Nora kam aufgeregt rein. „Was plant Renate da eigentlich für einen Mist? Ich habe jetzt zwei Patienten gleichzeitig, einen soll ich auf die Motorschiene legen, den anderen in die Elektrotherapie. Und? Wo sind die?"

„Hier sind wir!", kam es aus den Kabinen.

„Habe ich dir schon erledigt", rief ich aus meiner Ecke, „du kannst dich kurz setzten und die Beine hochlegen."

Sie zog den Stuhl ran und setzte sich. Silke kam dazu.

„Der Steuler hat uns die Samstagsdienste beschert, jetzt haben wir kein Wochenende mehr, und die drei Überstunden abbummeln ist auch bescheuert. Ich will hier einen Knopf haben, wo ich draufdrücken kann, wenn ich Lust dazu habe. Und immer, wenn ich da draufhaue, soll der Steuler auf den Mond fliegen ohne Rückfahrkarte", und haute dabei mit Genugtuung auf einen imaginären Knopf.

„Das geht nicht!", rief ich.

„Warum nicht?", quietschte Nora.

„Weil wir alle auf einmal draufhauen wollen."

Gelächter aus allen Ecken.

Silke konterte: „Renate kann uns einen Plan machen, dann sind wir alle mal dran."

„Gute Idee", piepste Nora, „ich bin dabei."

Mir fiel auf, dass unser Fenster offen war. Steulers Büro lag direkt über unserer Abteilung.

Ich beendete die Behandlung und ging zum Waschbecken, um mir die Hände zu waschen, das sich direkt neben unserem Schreibtisch befand.

„Wenn der alles mithört, was wir hier reden, dann gute Nacht. Schaut mal, das Fenster ist offen, und der hat seins bei der Hitze bestimmt auch offen, so neugierig wie der ist. Aber: Der Lauscher an der Wand hört seine eigene Schand. Da gibt es eh nichts mehr zu retten."

„Genau", grunzte Nora mit einem deutlichen ‚der kann mich mal'-Unterton und nahm die Beine vom Stuhl.

Silke schaute ernst zu uns rüber. „Er lässt uns am Wochenende arbeiten, wir bekommen nicht mal einen Wochenendzuschlag, und er macht damit Werbung – ‚bei uns wird sechs Tage die Woche therapiert' – die Patienten waren letzten Samstag überhaupt nicht begeistert. Ist ja auch nur so eine Pseudo-Therapie."

Ich stimmte zu, weil es wahr war und erinnerte: „Und wer machte das Weihnachtsprogramm? Dafür wurden wir auch missbraucht. Das mussten wir uns selbst ausdenken und vier Wochenenden übernehmen. Ebenfalls per Überstunden abzubummeln, und ich musste sogar am Heiligen Abend kommen. Und diese süße kleine Miezekatze, ihr wisst schon, mit der er immer auf ‚Akquise' fährt, machte regelmäßig zuckersüß ‚Miau' bei ihm und brauchte keinen Finger rühren. Naja, ist klar. Wenn er das jetzt hört, dann ist heute der Tag der Wahrheit. Hat noch keinem geschadet."

Nora drehte sich zu mir.

„Bist du in zwei Tagen wirklich weg?"

„Kann sein, mein Herz. Nicht dran denken. Ich tue es auch nicht."

Schnell verschwanden wir alle wieder auf Station.

Auf dem Weg klingelte mein Telefon, es war der Chefarzt, ich sollte sofort in die Arztabteilung kommen. Schnell in den Aufzug, oberste Etage.

„Hallo, Herr Dr. Jansen", er wies mir den Stuhl gegenüber seinem Schreibtisch zu.

Normalerweise begann er ernsthafte Gespräche ruhig und kam langsam zum Punkt, aber nicht diesmal. Aufgebracht begann er: „Sagen Sie mal, wie können Sie beim Steuler tausend Euro mehr verlangen? Das ist völlig überzogen!", und zog die Augenbrauen abschätzig hoch.

„Ich habe mein Gehalt gegoogelt, und das ist dabei rausgekommen."

„Aber trotzdem, man geht doch nicht auf einen Schlag so in die Höhe."

Ich schaute ihm ernst in die Augen und sagte: „Es ist das Geld, was mir zustehen würde. Ich wäre bereit gewesen, bis zu fünfhundert Euro runterzugehen. Aber der Steuler würde sich eher auf die Zunge beißen, als mir ein Angebot zu machen, geschweige denn mich hierzubehalten."

Er schaute mich eine ganze Weile schweigend an, dann erwiderte er mit autoritärem Ton: „In Personalangelegenheiten habe ich Mitspracherecht."

„Herr Dr. Jansen", begann ich wertschätzend und höflich, „Sie wissen, wie gerne ich mit Ihnen arbeite und wie sehr ich Sie für Ihre engagierte Arbeit und Ihre hohe Kompetenz schätze. Wenn Sie den Raum betreten, kann kaum noch was schieflaufen. So viele Patienten sind wegen Ihnen zurück ins Leben gekommen. Sie haben ansteckende Patienten behandelt, während Sie selbst schwerkrank waren. Sie sind Arzt aus Berufung, schade dass es nicht viele von Ihnen gibt", schloss ich und fügte sanft und leise hinzu, „der Herr Windt und der Steuler werden Sie überstimmen. Wie gerne würde ich Ihnen Glauben schenken und mit Ihnen weiter zusammenarbeiten."

Wieder schwiegen wir uns an. Kämpferisch beendete er das Gespräch.

„Das sehen wir dann, ich haue im Personalbüro auf den Tisch."

Damit war alles gesagt, das Gespräch beendet, alles wieder offen und noch zwei Tage Zeit …

Abends saß ich bei meinem Feierabendtee. Siglinde war seit einigen Tagen ausgezogen, die obere Etage war leer. Seit ihrem Auszug war ich nicht in ihre Zimmer gegangen, hatte mich im Haus nicht breitgemacht, obwohl ich das hätte tun können. Es gefiel mir hier nicht mehr.

Traurig saß ich auf meinem Küchenstuhl, trank einen Schluck Tee, schaute aus dem Fenster direkt auf die nächste Fachwerkwand. Den Becher hielt ich fest in meinen Händen.

,Was mache ich, wenn ich übermorgen gehen muss? Was, wenn Helgoland mir absagt? Will ich hierbleiben? Wo will ich hin? Die obere Etage ist leer, in der Gemeinde läuft es schief, die Klinik stresst, meine Gesundheit schwindet allmählich.'

Ich sprach leise zu Gott: „Ich glaube, ich habe verstanden, was du mir sagen willst."

In meiner Fantasie fiel mir die Schlussszene aus Walt Disneys ‚Aristocats' ein. Da sagte ein streunender Hund zu dem anderen. *„Hört sich an wie das Ende",* darauf betonte der *„Ich bin der Leiter, ich sage wann es zu Ende ist",* verzog sein Gesicht, als sei er ‚Willi Wichtig', machte eine rhetorische Pause, die ihm die nötige Aufmerksamkeit zukommen ließ und eine Präsens verlieh, als käme jetzt die Weisheit der Welt, und verkündete plump: *„Das ist das Ende!"*

Ich sah diesen Hund förmlich vor mir und prustete in meine Teetasse vor Lachen. Der Tee spritzte mir ins Gesicht, über den Tisch bis auf die Hose. So, jetzt hatte ich Sommersprossen und musste ein Tuch holen.

Ende der Teepause!

Am nächsten Tag kreisten meine Gedanken um das Thema Umzug. ‚Wohin? Wenn Helgoland nicht klappt, und dann gehe ich trotzdem in den Norden? Ich will ans Meer! Mit den Fischköppen komme ich besser klar.'

Nora kam in die Abteilung. „Eben ist der Jansen ziemlich wütend aus dem Büro vom Steuler gekommen. Oh, war der geladen."

‚Dann wird die Entscheidung jetzt gefallen sein', dachte ich. Sofort ging ich hoch ins Personalbüro zum Herrn Steuler; ein langes Warten ersparte ich mir.

Die Treppe hoch, klopfte ich an seiner Bürotür.

„Hereinspaziert", erwiderte er heiter. „Lassen Sie mich raten, Sie wollen wissen, ob Sie einen unbefristeten Vertrag erhalten oder der Zeitvertrag ausläuft. Ich habe bereits mit Herrn Windt gesprochen. Wir wollen Ihren Vertrag nicht verlängern. Wann gehen Sie dann?", fragte er sichtlich zufrieden mit der Entscheidung und zog scheinbar interessiert die Augenbrauen hoch.

„Morgen um 10:30 Uhr, der Rest ist Überstundenfrei. Wollen Sie die Nachweise sehen?"

„Nein, das ist mir egal. Behalten Sie das für sich. Wo wollen Sie denn als nächstes hin?", fragte er neugierig, als sei mein Leben ein spannender Krimi.

„Ans Meer, Herr Steuler. Ich will arbeiten, wo andere Urlaub machen, aber um nichts in der Welt würde ich es Ihnen auf die Nase binden."

„Ja, gut. Alles Gute. Morgen ist dann ihr letzter Tag. Wo soll ich Ihre Unterlagen hinschicken?", fragte er verschmitzt, als würde er versuchen durchs Fenster hereinzukommen, obwohl man ihn soeben zur Tür hinausgeworfen hatte.

„An meine alte Adresse, Herr Steuler, den Rest macht die Post. Die dürfen wissen, wo ich hinziehe, Sie nicht. Sie dürfen hier sitzen bleiben und das Meer im Urlaub sehen. Ich wünsche Ihnen auch alles Gute", gab ich fröhlich zurück. „Den Schlüssel bekommen Sie, wenn ich meine Unterlagen und mein letztes Gehalt bekommen habe, das hat hier öfter nicht so gut geklappt."

Ein letztes Mal zog ich die Tür hinter mir zu. Endlich war die Entscheidung gefallen. Morgen wird der letzte Tag. sein

Mein Telefon klingelte.

„Kommen Sie bitte kurz hoch in mein Büro", sagte Dr. Jansen nüchtern.

Als nächstes klopfte ich an seine Tür. Er saß an seinem Schreibtisch und schaute mich ernüchtert an.

„Ich komme gerade vom Steuler", warf ich ihm zu.

„Dann wissen Sie schon Bescheid. Muss ich Ihnen nichts sagen."

„Nein, nicht nötig."

„Ich werde Ihnen ein gutes Zeugnis schreiben."

Ich lächelte ihn dankbar an. ‚So ist er, der Jansen', dachte ich mir. ‚Aufrichtig und loyal, ich werde seine gute Arbeit nicht mehr genießen dürfen.' Alles, was ich von ihm lernen konnte, hatte ich in meinen Erfahrungsschatz gepackt. In meinem Herz nahm ich das mit.

Als das Gespräch zu Ende ging, fragte er mich: „Wo werden Sie jetzt hingehen?"

Ich stand von meinem Stuhl auf.

„Dann raten Sie mal", warf ich ihm mit Sympathie zu.

„Bestimmt auf irgendeine Nordseeinsel."

Ich schaute ihn fröhlich an, meine Augen lachten.

„Nach Föhr? Nach Amrum? Nach Sylt?", versuchte er zu raten.

Ich war bereits an der Tür und strahlte übers ganze Gesicht.

„Nein, nicht Föhr, nicht Amrum, nicht Sylt."

Er schaute mir nach, als hätte er einen Gedankenblitz. „Nach Helgoland!" rief er.

Ich drehte mich ein letztes Mal um, lachte laut und nickte ihm fröhlich zu, wenn es auch nur mein Wunsch war.

„Ja, Helgoland! Ich werde die Nordsee von Ihnen grüßen, den Blanken Hans!", und zog die Tür zum letzten Mal hinter mir zu.

Während ich die Treppen hinunterlief, schmerzte mein Herz. Die mir lieb waren, würde ich vermissen. Jetzt musste ich es den Mädels sagen. Mir graute davor.

Ich bog zum Therapiebereich ab. Alle standen am Schreibtisch und schauten mich erwartungsvoll an. Sie sahen es sofort an meinem Gesichtsausdruck.

„Ich werde morgen um 10:30 Uhr gehen", flüsterte ich leise.

Keiner antwortete – Stille – jeder drehte sich traurig von mir weg, nahm seinen Terminplan und lief in die nächste Behandlung. Den Rest des Tages sprachen wir kein Wort. Es war, als hielten wir alle die Luft an. Wir schauten uns nicht an. Wir arbeiteten wortlos, leer, schmerzhaft nebeneinanderher. Die Stimmung, triefende Traurigkeit. Nora war nach Dienstschluss einfach weg. Wir hatten es nicht fertiggebracht, uns in die Augen zu schauen.

Abends gab ich allen meinen Lieben per SMS Bescheid.

‚Morgen ist Freitag, mein letzter Tag in der Klinik.

Ab Montag bin ich arbeitslos.'

Der Abschiedsschmerz zog durch mein Herz wie Nebel im November und nahm mir die Sicht für die Zukunft. Veränderung ist eine Konstante, und meine Zeit ist begrenzt. Den Tag, den ich nicht genutzt habe, bekomme ich nicht zurück. Er ist weg, wie die Nacht, wenn die Sonne aufgeht. Die Zeit ist um, vorbei, unwiederbringlich vergangen. Gestern ist Geschichte. Wie wertvoll ist das kostbare Gut ZEIT. Jeder Tag ein Geschenk.

Trotzdem schaute ich gerne zurück. Das dankbare Herz hat jeden Tag ein Fest! Vergnüglich und zuversichtlich waren wir als Team durch den Tag geflötet. Immer war was los in dem Bienenkorb, genannt Therapieabteilung. Und morgen ist die Zeit um. Vorbei! Ab 10:30 Uhr ist alles Geschichte!

Der letzte Tag in der Klinik verging wie im Flug. Bei den Patienten und dem Klinikpersonal hatte sich mein Abschied bereits rumgesprochen. Es war wie eine siegreiche Ehrenrunde nach dem vollendeten Lauf. Es fühlte sich gut an. All die Segenswünsche, Dankeschöns und herzlichen Umarmungen taten gut.

Sehr glücklich mit vielen guten Wünschen, wertschätzenden Worten und aufrichtigem Herz lief ich über die Ziellinie. Mein Wunsch, mit erhobenem Haupt und einem guten Gewissen durch die Tür zu gehen, hatte sich erfüllt.

Nur der Abschied von meinen Mädels war schrecklich schmerzhaft. Wir hatten uns am Vormittag kaum gesehen, jede war irgendwo im Haus beschäftigt.

Um 10:30 Uhr waren wir alle in der Bäderabteilung. Nun kam der Abschied, vor dem mir graute. Wir standen im Kreis.

„Ich gehe dann mal", würgte ich mir scherzhaft von der Seele.

Karin sagte leise: „Bitte mach das jetzt kurz und geh' schnell, sonst fließen hier Tränen. Wir müssen noch den ganzen Tag überstehen."

„Ja, lieber kurz. Ich werde die Zeit mit euch nicht vergessen. Ihr wart ganz große Klasse. Ich danke euch von ganzem Herzen für jeden einzelnen Tag."

Karin flüsterte nochmal: „Geh, schnell! Bitte!"

Ich nickte, nahm schnell meine Sachen. Silkes und Noras Augen waren traurig wie die Nacht. Ich nahm sie alle wortlos ein letztes Mal in den Arm, dann verschwand ich durch die Tür, ohne zurückzuschauen.

Auf dem Weg nach Hause fiel mir die Verantwortung wie ein nasser Sack von den Schultern. Frei, alles vorbei! Die Zeit war um! Gott sei Dank für alles!

Mein Auto lief wie ein Pferd, das den Weg nach Hause kannte. Zum letzten Mal gewohnte Wege. Einparken, ins Haus, alles fallen lassen, Tee kochen, hinsetzten. Geschafft! Der Tee war köstlich und der Tag noch jung. ‚So, morgen genieße ich das Wochenende und am Montag schlafe ich aus, frühstücke ausgiebig ‚und erst dann denke ich über meine Zukunft nach', nahm ich mir vor.

Genauso hatte ich es auch gemacht und es hatte tatsächlich geklappt.

13

Alles vorbei, und jetzt?

Am Sonntagabend klingelte das Telefon.

„Hallo hier ist Christin", tönte es leise und vorsichtig aus dem Hörer, „danke für die Nachricht. Haben sie dich also doch rausgehauen. Bist du traurig darüber?"

„Dass ich da nicht mehr arbeiten muss, nein! Dass ich meine Lieben vermisse, ja!"

„Würdest du immer noch nach Helgoland gehen, wenn die Möglichkeit bestünde?"

„Ja."

„Echt? Auf so eine abgelegene Insel?"

„Ja."

„Warum?"

„Was soll ich hier? Die Gemeinde zankt sich, meine Arbeit mit den Kindern ist zerschossen worden, in dem Haus kann ich nicht mehr bleiben, die zukünftigen Rechnungen nicht bezalen. Hier will ich nicht bleiben! Das ist verbrannte Erde. Ja, ich würde nach Helgoland gehen. Ein halbes Jahr täte mir gut, wie eine Art Rehabilitation. Dann bewerbe ich mich als leitende Physiotherapeutin an der Nordseeküste und bleibe im Norden."

„Hm, ok.?! Helgoland kann ich nicht nachvollziehen, aber für uns zwei ist es egal, wo du wohnst, solange das Telefon funktioniert."

„Ha ha ha, Nordpol und Antarktis kann ich mir aus dem Kopf schlagen, auch eine Bohrinsel oder eine Wüstenoase scheidet aus. Ich fühle mich eingeschränkt!", lachte ich ins Telefon.

„Ein bisschen kannst du dich ruhig für mich einschränken", scherzte sie mit lustig ironischem Unterton. Wir kicherten wie Kindergartenkinder im Sandkasten.

Nachts schlief ich wie ein Baby und machte mir am Montag ein köstliches Frühstück mit frischen Brötchen vom Bäcker. Innerlich wünschte ich mir, dass der Morgen mindestens zwei Wochen dauerte, weil mich die Ungewissheit bedrängte. Aber gegen 10:30 Uhr waren die Brötchen verputzt und der Tee getrunken. Und jetzt?

Das Telefon klingelte und riss mich aus meinen sorgenvollen Gedanken.

„Hallo, hier ist Fritz", mir stockte der Atem!

Eher hätte ich mit dem Papst gerechnet, aber nicht mit Fritz. Völlig irritiert antwortete ich.

„Fritz? Der von Helgoland?"

Nüchtern friesisch antwortete er: „Wieso? Kennst du so viele, dass du nicht mehr weißt welcher hier am Telefon ist?"

„Ähm, nee", stockte ich verdutzt.

„Ich wollte fragen, ob du jetzt kommen kannst. Wir brauchen noch eine Saisonkraft, möglichst bald. Gilt deine Zusage noch?"

„Ähm, ja ... Ich kann ... kommen", stammelte ich ungläubig.

„Wann kannst du hier sein? Ein Zimmer können wir dir zur Verfügung stellen, und falls du den Winter hier verbringen willst, dann geht das auch. Also? Wann reist du an?"

„Ähm, ich muss meine Wohnung noch leerräumen, alles abmelden. Mitte August könnte ich da sein."

„Dann ist der Sommer um, dann brauchen wir dich nicht mehr."

„Oh! Gut, wie sieht es nächste Woche Montag aus?"

„Gut, das geht! Montag der 15.07. um 7:00 Uhr ist dein erster Arbeitstag. Vertrag bekommst du hier. Erstmal bis Saisonende, dann sehen wir weiter. Wenn du am Wochenende ankommst, kannst du dir deinen Zimmerschlüssen von der Rezeption im Kurmittelhaus abholen. Wir sehen uns Montag."

Ich kam noch dazu, aufgeregt „Gut, ich danke dir und freue mich auf Montag" zu sagen, dann legte er auf, und ich ließ mich gegen die Stuhllehne zurückfallen.

War das real? Sollte ich nächste Woche auf Helgoland sein?

Sonntag der 14.07. ist mein 40. Geburtstag! Das nenne ich Geschenk!!! Ein himmlisches Geschenk!!!

Ich konnte es nicht fassen, nicht greifen und nicht glauben. Ist das eben *wirklich* passiert? Wache ich jetzt auf? War das nur ein Traum?

Mein Bruder Heinrich hatte in solchen Situationen gesagt ‚Ich glaub, ich steh im Wald und mich knutscht ein Elch'. Genauso fühlte sich das an.

Kann das sein? Ist das eben wirklich passiert?

Ende der Woche muss ich hier raus sein. Wie soll ich das machen? Ach, ich habe gar keine Zeit, mir Gedanken zu machen. Besser ich bewegte mich, denn viel Zeit blieb mir nun nicht mehr.

Ich griff zu meinem Handy und schrieb eine SMS an alle: Hallo zusammen, ich brauche dringend Hilfe. Bis Ende der Woche muss meine Wohnung leer und ich auf Helgoland sein. Jeder, der mir helfen kann, Möbel braucht, Kühlschrankinhalt, Geschirr usw. bitte sofort ohne Anmeldung vorbeikommen und mitnehmen, was ihr haben wollt. Ich bin froh um alles, was ich nicht tragen brauche. Ab jetzt ist die Tür offen bis einschließlich Donnerstag, bitte kommt!

„Es ist Montag", sagte ich mir laut. „Und spätestens Sonntagmorgen muss ich auf dem Schiff nach Helgoland sitzen. Das sind 7 Tage. Kann mich mal jemand kneifen?"

In Schockstarre saß ich auf meinem Küchenstuhl, denken ging nicht. Mein Telefon klingelte.

„Hier ist Martina, ich habe eben deine SMS gelesen. Pass mal auf! Du gehst jetzt sofort durch deine Wohnung und legst zur Seite, was du mitnehmen möchtest am besten alles aufs Sofa. Hast du mich verstanden?", sagte sie streng und wiederholte. „Alles an *einen* Platz. Wenn sie dir gleich die Bude einrennen und packen helfen, wirst du irre, wenn jeder gleichzeitig ruft: Soll das mit? Bleibt das hier? Oder kann das weg?

Also, jetzt aufstehen und alles an einen Platz legen.

Ich komme heute Nachmittag. Vorher schaffe ich es nicht."

Ich ging an meinen Kleiderschrank, suchte Arbeitsklamotten raus, Freizeitsachen. Überlegte, was man auf einer windigen Nordseeinsel braucht. Ohne mir im Klaren zu sein, dass ich nicht so viele Koffer hatte wie Sachen, die ich mitnehmen wollte, legte ich alles auf mein Sofa. Erinnerungen, ein paar Bilder, die wichtigsten Unterlagen, meinen Lieblingstee, einen Teebecher, meine Bibel, Musik, Badesachen ... In aller Ruhe ging ich durch alle Schränke und Schubladen. Der Berg auf dem Sofa war schon ganz schön groß. Hm, das passte nicht in meinen Koffer. Ich hatte keine Kartons.

„Ding-Dong" machte es an der Haustür.

„Es ist offen!", rief ich.

Meine Mutter stand in der Tür, bewaffnet mit fünf leeren Koffern.

„Ich habe deine Nachricht bekommen und gedacht, du hast mir so oft geholfen, jetzt bin ich dran."

Mir stand der Mund offen.

„Du kannst es noch nicht fassen, oder?"

„Ähm, ja – nee. Die Ereignisse überschlagen sich. Das fühlt sich an, als würde ich bei einer Parade im Schlafanzug mitlaufen. Ich bin weder im Gleichschritt noch bereit."

„Nu sag mal, was ich einpacken kann. Gleich kommen sicher deine Freunde. Jetzt ist es noch ruhig."

„Ja, gut. Alles, was hier auf dem Sofa liegt, soll mit."

Mutti machte den ersten Koffer auf.

„Dann gib mir mal die Sachen an, ich packe."

In aller Ruhe packten wir einen Koffer nach dem anderen, bis der fünfte Koffer voll war. Es ging alles hinein. Hand in Hand ganz im Frieden, als sei es das Normalste der Welt.

Ihre Anwesenheit und Hilfe beruhigte mich, so kam ich aus meiner Schockstarre wieder raus und konnte wieder klar denken.

Mutti schloss gerade die Schnalle des letzten Koffers, da fuhr ein Lieferwagen mit einem großem Pferdeanhänger vor meine Wohnung und blockierte die kleine Gasse, in der ich wohnte. Ich schaute ungläubig aus dem Fenster und sagte zu meiner Mutti: „Schau mal, da parkt jemand die Straße zu. Das ist ein großer Pferdeanhänger", und schaute meine Mutter ungläubig an.

„Das wird wohl deine Schwester Angela sein", sagte sie warmherzig mit einem Augenaufschlag, der mir jeden Zweifel nahm. „Sie hat es dir beim Chinesen versprochen, dass sie sich die Woche freihält und hilft. Erinnerst du dich nicht?"

Ich war sprachlos, konnte nicht antworten, fühlte mich wie im Traum. Eben hatte mich die Schockstarre verlassen, jetzt war sie wieder da.

„Mach mal die Tür auf", sagte Mutti wie zu einem Esel, dem man den Weg zeigen musste.

Ich öffnete die Tür. Da stand Angela mit einer Frau und einem etwa dreizehn Jahre alten Mädchen.

„Hallo, ich habe ja gesagt, ich helfe dir. Das ist Kira mit ihrer Tochter Lena. Ihr Freund hat sich gerade von ihr getrennt. Da kommt ein Umzug gerade recht, das bringt sie auf andere Gedanken. Also, was sollen wir mitnehmen?"

Dabei ging sie in meine Küche, verteilte die Stühle an die zwei und zog den Esstisch aus der Ecke.

„Gut, das kommt in den Pferdehänger, bring das schon mal raus."

Ich stotterte: „Ähm, ja ihr, ihr könnt alles mitnehmen, was ihr seht."

„Wir haben Umzugskartons mitgebracht und alte Zeitungen." Sie rief aus der Tür: „Bringt das Papier mit und packt alles ein, die Wohnung muss komplett leer sein!"

Ab dem Moment brach das Chaos aus. Rita stand ebenfalls in der Tür und nahm mir den Inhalt von der Gefriertruhe und Kühlschrank ab. Den Spiegelschrank im Bad, den sie mir zum Einzug zur Verfügung gestellt hatte und irgendwelches anderes Zeugs. Kira packte meine Küche ein und kreischte im Intervall mit einer hysterischen Lache „Hast du viele Pötte! Da sind ja noch mehr!" Über jede Kleinigkeit musste sie ein Urteil fällen und ging mir entsetzlich auf die Nerven.

Ich ertrug es stoisch und dachte mir: ‚Man kann es sich nicht aussuchen, lieber dankbar sein, dass Hilfe da ist und schön die Klappe halten.'

Angela organisierte das Chaos und gab Anweisung. Meine Wohnung glich einem Bienenkorb, der kurz vor dem Schwärmen stand. Eben noch saß ich gemütlich am Kaffeetisch, und jetzt könnte ich Handstand machen, so stand meine Welt Kopf.

Meine Mutter lächelte mir zu: „Du ziehst tatsächlich nach Helgoland", sie gluckste freudig. „Da besuche ich dich! Es war immer mein Wunsch, mal auf diese Insel zu reisen. Jetzt ziehst du dahin. Ich freue mich so sehr. Wir sehen uns bald", und packte die Essteller in Zeitungspapier ein.

Kira machte den nächsten Schrank auf. „Schon wieder Pötte! Wie viele hast du denn noch? Wofür brauchst du denn so viele? Damit könntest du eine ganze Kompanie ausrüsten", grölte sie schrill und laut, dass es in den Ohren wehtat.

Ich rollte mit den Augen. Als hätte ich zu viel Porzellan! Ich konnte sie nicht mehr aushalten und rief: „Die einen haben zu viele Schuhe, die anderen Klamotten, und ich habe Teetassen!", und hoffte, sie drosselte ihre nervigen Kommentare. Fehlanzeige!

Nach etwa zwei Stunden waren Pferdeanhänger und Lieferwagen voll und meine Wohnung leer. Ein Teil wurde in Muttis Auto gepackt.

„So", sagte Angela, nachdem sie die Ladeklappe des Pferdeanhängers verschlossen hatte und die letzte Kiste rausgetragen hatte, „wie sieht deine Planung aus?", sie schaute Kira an. „Wir bringen sie auf die Insel, kommst du mit? Die Seeluft tut dir gut. Deine Tochter kann auch mitkommen. Wir bleiben über Nacht und fahren am nächsten Tag zurück. Wir feiern alle zusammen in ihren 40. Geburtstag rein", schlug sie pragmatisch vor und erwartete selbstverständlich meine Zusage.

„Wo wollen wir mit 4 Leuten übernachten?", warf ich ein.

„Ach, kein Problem, wir quetschen uns in deinem Personalzimmer alle aufs Sofa oder auf den Boden. Das geht schon irgendwie."

„Dann kümmere ich mich um die Tickets. Wollt ihr beiden denn mit?"

Kira und Lena schauten sich an und nickten.

Angela nahm mich kurz in den Arm: „Na? Das geht dir wohl ein bisschen schnell. Du siehst mitgenommen aus!", sie kicherte leise vor sich hin. „Lasst uns fahren, wir haben noch ein bisschen was vor. Wir sehen uns am Freitag bei den Eltern. Bis dahin musst du hier raus sein. Mach hin! Die Nacht zum Samstag geht es los."

Schnell gab ich Kira für ihre Arbeit fünfzig Euro in die Hand und bedankte mich.

„Andere haben sich bei mir nicht bedankt", sagte sie vorwurfsvoll und steckte die Penunsen in die Hosentasche. „Den Wochenendtrip nach Helgoland bekommst du noch obendrauf. Danke für deinen Einsatz, alleine hätte ich es nicht geschafft."

Nachmittags war meine Wohnung leer. Am Fenster sah ich zu, wie meine Schwester mit allen meinen Sachen davonfuhr und fragte meine Mutter: „Wo bringt die meine Sachen hin?"

„Weiß nicht? In die Scheune von der Freundin vielleicht, oder irgendwo im Pferdestall, wo Platz ist."

„Oh, meine schönen Sachen, meine erste Küche, die Regale, meine Bücher, Fachliteratur, Musik, Nähmaschine, mein selbstgemachtes Puppentheater, meine Unterlagen von meinem Theologiestudium, Physio- und Lymphausbildungsunterlagen, meine Bilder, alles, alles fährt da gerade um die Ecke und liegt vielleicht in irgendeiner Scheune. Hoffentlich kacken nicht die Pferde drauf", und stellte mir vor, wie Pferdeäpfel auf meine teure Nähmaschine platschten. Gequält schaute ich Mutti an.

Sie amüsierte sich über mich: „Das kann dir bei Angela passieren", schmunzelte sie leise nickend, „aber ich denke, sie wird ein trockenes Plätzchen finden, mach dir keine Sorgen. So, wir sind fertig ,und ich mache mich wieder auf den Weg. Bringst du mich zum Auto?"

„Sicher, ganz sicher. Deine Umarmungen sind die besten."

Alle waren weg, die Wohnung war leer. Vor wenigen Stunden war die Welt noch in Ordnung. Und nun?

Ich konnte mich nicht mal setzen, kein Stuhl da. Ich brachte die Koffer in Sesselposition und machte es mir gemütlich. Sogar die Bilder waren von den Wänden. ,Die haben alles mitgenommen', stellte ich fest. Ein Tee täte jetzt gut, aber ohne ,Pötte', wie Kira mein geschmackvolles Porzellan genannt hatte, wird das nix.

Mit einem „Ding-Dong" begehrte jemand Einlass.

„Ist offen!", rief ich.

Martina kam rein.

„Schön, dass du gekommen bist, das ist wie Regen in der Wüste. Schau mal, meine neue Sitzgelegenheit, nimm Platz", und wies auf das Koffersofa.

Sie traute der Tragfähigkeit des Gepäcks nicht und blieb lieber stehen.

„Na? War der Tipp von heute morgen gut? Die Bude ist leer, das habe ich mir gedacht."

„Ich habe gelernt, auf dich zu hören, mehr sage ich nicht. Das war hier wie auf dem Flohmarkt. Wenn die alle bei jedem Ding gerufen hätten, ob ich das mitnehmen will oder es hierbleiben soll, wären mir die Nerven durchgegangen. Ich war eh am Anschlag. Jetzt ist alles weg, und ich habe keine Ahnung, wo sie meinen Krempel hingebracht haben. Das war ein Tag …", ich fuhr mir mit der Hand durch die Haare und lehnte mich an der Kofferrücklehne an.

Martina schaute mich intensiv an. „Du verlässt uns! Darüber bin ich traurig! Was hältst du davon, wenn ich alle deine Lieben zu mir in den Garten einlade, den Grill anwerfe und wir ein letztes Mal zusammen essen. Wenn du Freitag die Wohnung übergeben hast, kommst du direkt zu mir. Dann verabschieden wir dich, und danach kannst du zu deinen Eltern fahren."

„Du hast die besten Ideen! Meinst du, du könntest mir ein dein köstliches Olivenbrot backen?"

Martinas Gesicht wechselte von traurig zu einem amüsierten Schmunzeln. „Klar, mache ich. Eins für die Party, und ein zweites nimmst du warm mit. Das kannst du ganz alleine essen. Dann guckst du nicht so sparsam, wenn die anderen Gäste beherzt zugreifen", und lachte herzlich.

„Oh Martina, ich werde dich schrecklich vermissen. Komm, ich kann eine Pause gut gebrauchen. Wir gehen einen Kaffee trinken. Hier bleibt die Küche kalt, weil's keine mehr gibt", und ich griff nach meiner Jacke.

Meine Hängematte war die Rettung, ich hing sie in meinen Innenhof und schlief die letzte Nacht unter freiem Himmel. Die Sterne waren klar, die Luft warm, der Himmel so romantisch. Auf Helgoland würde ich wohl keinen Innenhof mit Hängematte genießen können. Dafür bekomme ich das Meer, tröstete ich mich.

‚Jedem Anfang liegt ein Zauber inne', kamen mir Siglindes Worte in den Sinn. Das eine ist der Traum von einem Leben auf der Insel und das andere die Wirklichkeit, dachte ich. Und bald weiß ich auch, wie dieser Traum in Wirklichkeit aussehen wird.

Ohne zu beten schloss ich meine Augen nicht. Ich bedankte mich von ganzem Herzen. Was für einen fantastischen Vater habe ich im Himmel. Wie liebevoll hat er in mein Leben eingegriffen. Kann man das toppen? Nein! Ich kuschelte mich ein, als sei ich in seinem Arm und sagte zu meinem Herrn Jesus: „Wie gut, dass du mit mir gehst, dann habe ich keine Angst", und schlief tief und fest ein.

Am nächsten Tag ging ich zum Einwohnermeldeamt. Die Dame im Büro fragte mich, wo ich hinziehe.

„Nach Helgoland!"

Sie drehte sich zur Tür eines anderen Büros und rief laut „Zu welchem Land gehört Helgoland?"

Eine Stimme antwortete: „Zu Deutschland!"

Sie schaute mich peinlich bewegt an.

„Ach so!", ich lachte. „Naja, macht nix. Kommt nicht jeden Tag vor. Vielleicht sollte der Wetterdienst die Insel auf der Landkarte einzeichnen."

Die Dame schaute auf meine Anmeldung und sagte: „Sie brauchen sich hier nicht abmelden. Melden Sie sich einfach auf Helgoland im Einwohnermeldeamt an, die melden Sie um. Das ist alles unproblematisch. Ich wünsche Ihnen alles Gute!"

14

Abschied

Die Tage flogen dahin. Der Vermieter kam mir tatsächlich entgegen, verlangte nur die halbe Monatsmiete und brachte die Abrechnung vorbei. Während ich das Haus zur Übergabe fertig machte, gaben sich Nachbarn und Bekannte die Türklinke in die Hand. Den vielen Abschiedseinladungen konnte ich nicht nachkommen, eher hielt mich das von der Arbeit ab, meine Zeit war kurz und die Uhr tickte.

Das Telefon klingelte. Oh, das muss ich auch noch abmelden.

„Hallo, hier ist Jakob", seine Familie und die seiner Brüder gehörten zu meinen engsten Freunden. Bei ihnen war ich Familienmitglied, nicht nur Freund. „Wann geht es bei dir los?"

„Am Freitagabend ist Schlüsselübergabe, danach Abschied bei Martina, und dann fahre ich zu meinen Eltern. Am Samstag in den frühen Morgenstunden geht es gen Norden."

„Ohne Abschied lassen wir dich nicht gehen, aber mein Auto ist kaputt. Die Reparatur dauert länger, ich kann nicht zu dir kommen", klang es unglücklich von Jakob aus dem Hörer.

„Hm, mein Auto wäre jetzt für etwa ein Jahr frei. Stillstand tut dem nicht gut, besser ist, es wird bewegt. Ich komme Freitagabend auf dem Weg zu meinen Eltern bei dir vorbei, dann kann ich mich von euch allen in Ruhe verabschieden. Dich nehme ich dann mit zu meinen Eltern und übergebe dir dort mein Auto. Ich brauche es nicht. Helgoland ist autofrei, es bleibt sowieso stehen. Solltest du es nicht mehr brauchen, dann stelle es wieder bei meinen Eltern auf den Hof. Einverstanden?"

Es war still auf der anderen Seite. Ich merkte, dass er Schwierigkeiten hatte es anzunehmen.

„Jakob, ich brauche es nicht, und du hast Familie. Wie wollt ihr einkaufen gehen? Wie willst du deiner Arbeit nachgehen? Nimm es doch an. Mir tut es doch nicht weh."

„Und wenn es kaputtgeht?", wandte er ein.

„Dann ist es kaputt. Was meinst du, wie wenig mich das auf der Insel kratzt. Übrigens, kann mir das auch passieren."

„Ja, gut. Es würde mir helfen. Ich nehme es an. Komm vorbei, wir warten Freitag auf dich."

Gut, das Auto hat auch seinen Platz gefunden. Alles fügt sich.

Am letzten Tag bekam ich eine E-Mail von Pastor Klaus. Er wohnte nur zwei Häuser weiter, ich konnte von meinem Küchenfenster direkt zu seinem Arbeitsfenster schauen.

Ja gut, E-Mail macht da Sinn, dachte ich ironisch.

Er schrieb, für seine Unterlagen brauche er eine

schriftliche Begründung warum ich die Gemeinde verlasse. Das hätte ich fast vergessen. Schnell antwortete ich, dass der Grund ein Umzug ist.

Damit waren nun alle Leinen los, und ich konnte mit dem Schiff des Lebens zu neuen Ufern aufbrechen.

Mit jeder Verantwortung, die ich abgab wurde mein Schlüsselbund dünner. Ich übergab das Haus. Wieder ein Schlüssel weg. Als Letztes werde ich heute den Autoschlüssel abgeben.

Ein komisches Gefühl, ganz ohne Schlüssel zu sein, dachte ich und war bereits auf dem Weg zur Martina. Nicht nur die Schlüssel, durchfuhr es mich. Meine Familie, meine Freunde, die Gemeinde, die Kids und meinen geliebten Wald werde ich hinter mir lassen. Nur gut, dass alles so schnell ging, sonst hätte ich es mir nochmal überlegt, stellte ich mit einem Stich im Herzen fest, während ich den Blinker in den Waldweg setzte, wo Martina wohnte.

Ich war die Letzte, alle waren schon da. Am Gartentor standen Jürgen und Tom. Sie waren mit meiner Entscheidung nicht einverstanden, das stand ihnen ins Gesicht geschrieben. Ihre ehrliche Traurigkeit bremste mich aus, und nahm mir meine oberflächliche gute Laune, mit der ich durch den schweren Abschied surfen wollte.

Rita öffnete mir das Tor mit den Worten: „Du machst aber auch Sachen. Haust uns einfach ab", ihre beiden Jungens nölten im Chor. „Genau, auf unsere Zustimmung kannst du lange warten."

„Kann ich die beiden mitnehmen?", fragte ich Rita.

„Nein, auf keinen Fall, eher kommt die Insel zu uns."

Ich schloss das Gartentor hinter mir, schaute den beiden Jungen in die Augen und zeigte meine Traurigkeit genauso ehrlich wie sie.

„Ich schätze euch sehr", sagte ich leise im Vorbeigehen.

Martina gab mir den Platz direkt vor dem Olivenbrot mit Blick in den Wald. Was für eine Perle sie ist. Selbst muss sie sparen, oft finanziell am Anschlag und dennoch gastfreundlich und freigiebig. Beim Einzug hatte sie mir geholfen, mir ihre Freundschaft angeboten, mich zum Krankenhaus gefahren, als ich mich am Fuß verletzt hatte, die Kinderfreizeit mit mir aus dem Boden gestampft und mir beim Auszug beigestanden. Und jetzt schmiss sie meine Abschiedsparty, als sei es das Selbstverständlichste auf der ganzen weiten Welt.

In mir stieg Traurigkeit auf. Martina schaute mich mit ihrem vielsagenden, intensiven Blick an und sagte mit fester Stimme: „Kommt alle an den Tisch, lasst uns die Hände reichen und zusammen beten. Lasst uns Abschied von ihr nehmen."

Martina betete für einen guten Ablauf und eine sichere Reise, Rita für einen guten Start auf Helgoland, die beiden Jungens, dass ich bald wiederkomme und ich bedankte mich, dass wir durch unseren gemeinsamen Glauben immer verbunden bleiben. Welch ein Trost! Zusammen sprachen wir das Amen.

Jürgen und Tom meinten: „Wenn die dich da oben nicht haben wollen, dann kommst du wieder", und lachten wie die beiden alten Männer von der Muppet-Show.

Amüsiert warf ich ein: „In eurem Kinderzimmer findet sich bestimmt ein Platz auf dem Bettvorleger für mich."

Ihr Vater kommentierte: „Überlege dir das gut. Das ist wie schlafen im Pumakäfig." Der Tisch grölte belustigt. „Wenn du auf Landgang bist und uns nicht besuchst, gibt's was hinter die Ohren", legte er liebevoll nach.

Rita verabschiedete sich, weil sie noch einen Termin hatte. Jürgen und Tom blieben einfach sitzen.

„Wir fahren mit ihr nach Hause", und nickten mit dem Kopf in meine Richtung.

„Ist das ok?", fragte Rita. „Kannst du sie auf dem Heimweg bei mir rauslassen?"

„Klar, die beiden nehme ich gerne mit", und freute mich, sie kurz ganz für mich alleine zu haben.

Ich nahm zum dritten Mal von dem Olivenbrot und betrachtete wehmütig den Wald. Der duftende Abendwind strich durch die Baumwipfel. Die Blätter rauschten so wunderbar.

Martina drückte mir ein warmes Olivenbrot in die Hand.

„Hier, Wegzehrung. Mach dich auf die Socken. Du willst noch zu Jakob, dann zu deinen Eltern, und heute Nacht die lange Fahrt bis ans Meer. Wenn du trödelst, bekommst du nicht genug Schlaf. Wir bleiben in Kontakt, vielleicht besuche ich dich mal", sagte sie, während sie mich zum Tor brachte.

Jürgen, Tom und ich stiegen ins Auto. Wir fuhren den Waldweg runter, ich setzte den Blinker. Die beiden waren still, die Stimmung triefend schwer wie nasser Sand.

„Was ist los?", fragte ich in die Stille.

„Wir wissen, dass wir dich jetzt das letzte Mal sehen. Du wirst nicht zurückkommen", kam es von Tom sachte und traurig in die Stille.

Ich wagte nicht zu widersprechen, wir wussten alle drei: Das ist die Wahrheit!

Schweigend fuhr ich die beiden bis vor die Haustür, sie stiegen traurig aus. Ich bekam kein Wort über die Lippen, Jürgen und Tom auch nicht. Im Rückspiegel sah ich ihnen nach, bis sie im Haus verschwanden.

‚Diese beiden sind mir so wertvoll', dachte ich. Auch sie habe ich verloren. Hatte ich die Kosten überschlagen, bevor ich die Entscheidung gefällt hatte? Nein! Zu spät! Ich war über den ‚point of no return' hinaus, jetzt ging es nur noch nach vorne. Zum Bremsen war es zu spät.

Jakob samt Familie wartete mit einem großen Präsentkorb auf mich und verabschiedete mich, als sei ich der Bundeskanzler. Schließlich kam ich mit Jakob bei meinen Eltern an. Sie warteten bereits im Esszimmer, als Jakob und ich durch die Tür kamen.

Angela sah den großen Präsentkorb: „Ach, du meine Güte, das müssen wir alles tragen."

Jakob schaute sie sparsam an, ich entgegnete ihr: „Ich trage das."

„Ja klar, samt den fünf Koffern und dem Handgepäck", gluckste meine Mutter amüsiert dazwischen. „Was da drin ist, magst du doch gar nicht."

„Macht nix, es ist so wertschätzend, das gebe ich nicht her.

Angela schlug die Hände überm Kopf zusammen. „Kisten schleppen ist meine neue Lieblingsbeschäftigung."

Ich schaute Jakob tröstend an.

„Nein, ich freue mich riesig. Ich nehme das alles mit nach Helgoland. Es ist so liebevoll verpackt, es wird mir die ersten einsamen Tage versüßen und mich an euch erinnern. Der Korb bekommt einen Ehrenplatz in meinem Zimmer."

Noch eine gute Stunde saßen wir zusammen. Meine Mutter zog einen Ring vom Finger und gab ihn mir. Er war kunstvoll geschmiedet und fasste einen olivgrünen Stein.

„Der ist für dich. Es ist ein Erbstück. Nimm ihn mit nach Helgoland."

Ich steckte ihn an meinen Ringfinger und bemerkte fröhlich in die Runde: „Der passt."

„Er ist von meiner Tante Dinni."

Jakob schaute mich an und zog mit anerkennendem Blick die Augenbrauen hoch. Seine Augen sagten: ‚Du hast ja tolle Eltern.'

Meine Schwester flüsterte leise: „Pass gut drauf auf, der ist was wert."

Ich sah zu meiner geliebten Mutter. „Du bist ein Goldschatz", quiekte ich vergnügt. „Wie soll ich jetzt ein Auge zu bekommen?"

„Keine Ahnung", erwiderte Angela, „notfalls mit Gewalt. Ab ins Bett, damit wir wenigstens ein paar Stunden Schlaf bekommen. In vier Stunden ist Abfahrt! Am besten, du legst dich mit Klamotten hin. Du bringst jetzt Jakob zum Auto, wir laden alles in mein Auto um. Du sitzt mit Lena hinten, Kira auf dem Beifahrersitz und ich fahre."

Ich lag in meinem ehemaligen Kinderzimmer und versuchte zu schlafen. ‚Welchen Tag haben wir heute', fragte ich mich verwirrt. Freitag, es ist Freitag. Wie viele Tage hatte ich für den Umzug? Ich zählte leise durch. Montag, Dienstag, Mittwoch, Donnerstag, Freitag. Es waren nur fünf Tage. Das hätte ich mir in den kühnsten Träumen nicht ausdenken können.

Leise betete ich für die lange Autofahrt und vergaß nicht, zu danken. Dann fielen mir die Augen zu.

15

Es geht los. Ein Traum wird wahr.

Das Auto war voll, nichts ging mehr rein. Angela quetschte den Präsentkorb in den Kofferraum und schüttelte den Kopf.

„Der muss mit, der ist mir wichtig, der muss mich trösten und mein Herz erfreuen", verteidigte ich mich.

„Geht klar, den trägst du", sagte sie genervt und schloss den Kofferraum.

Lena und ich schliefen kurz nach der Abfahrt auf der Rückbank ein. Irgendwann hörte ich im Halbschlaf, wie Kira zu Angela sagte: „Oh weh, hier ist keine Tankstelle. Wenn wir nicht bald eine finden, bleiben wir in der Walachei stehen und verpassen das Schiff."

Ich öffnete die Augen und bemerkte, dass wir bereits auf einer Landstraße fuhren. ‚Oh nein, die haben nicht rechtzeitig getankt, und nun gurken wir durch die Pampa. Super!'

„Leise", flüsterte Kira, „nicht dass die hinten aufwachen."

Ich schloss die Augen und dachte: ‚Mehr als beten kann ich jetzt eh nicht tun.'

Angela rüttelte mich wach. „Wach auf!", neben mir

sah ich eine Tanksäule. „Du zahlst die Tankrechnung, gib mir deinen Geldbeutel."

Ich drückte ihn ihr verschlafen in die Hand.

Sie hatten es tatsächlich zu irgendeiner Tanke geschafft. Lena schlief fest und ich kurz danach auch. Als ich wieder wach wurde, war es bereits hell.

„Wo sind wir?", fragte ich.

„In Cuxhaven. Wir suchen einen Bäcker, jetzt gibt's Frühstück", trötete meine Schwester wie ein Wecker.

Wir saßen in einer Bäckerei an einem Bistrotisch. Angela war die Nacht durchgefahren. Ich betrachtete sie von der Seite, wie sie ihren Kopf an die Stuhllehne legte und die Augen schloss, sich kurz Ruhe gönnte. Sie trug selbstverständlich meine Last und erwartete keinen Dank. Sie organisierte Hilfe, unterstützte mich, obwohl sie selber Hilfe gut gebrauchen konnte. Leise schlich ich mich davon und wollte die Rechnung bezahlen.

„Wo willst du hin?", hörte ich Angelas Stimme.

„Das Frühstück bezahlen."

„Schon geschehen", schmetterte sie zurück. „Schau nicht so kariert. Du kannst die Schiffstickets für uns alle zahlen." Alle am Tisch lachten los.

Wir erreichten schließlich den Schiffsanleger. Das schöne weiße Passagierschiff ‚Atlantis' strahlte in der Sonne, der Anleger war menschenleer. Nur vereinzelt war Schiffspersonal zu sehen. Angela fuhr das Auto bis ganz vor den Einstieg.

„Das ist keine Straße, das ist der Fußgängerweg", korrigierte ich sie.

„Ist doch keiner da. Willst du die Koffer so weit schleppen?"

Als wir ausstiegen, gab es gleich einen Anschiss vom Personal. Wir räumten schnell die Koffer raus, und Angela parkte das Auto hinterm Deich. Ein ziemlicher Berg an Gepäck lag vor uns. Wie hätte ich das alleine tragen sollen?

Wir gingen zum Ticketschalter, ich bezahlte für alle die Hin- und Rückfahrt.

„Das One-Way-Ticket ist für mich", sagte ich der Dame am Schalter.

„Wir bringen meine Schwester auf die Insel. Wir sind die Kofferträger", teilte Angela aus der hintersten Reihe über uns hinweg laut mit.

Die Dame schaute über ihre Lesebrille. „Das Schiff ist voll. Auf Helgoland ist heute Inselfest. Die See ist rau. Haben Sie den Wetterbericht beachtet? Der Wind brist auf!"

„Ja, da müssen wir jetzt durch. So, die Damen! Wie sagte nochmal die glückliche Hausfrau zu ihrem Mann? Die Betten und das Konto sind frisch überzogen", prustete ich scherzhaft und steckte meine EC-Karte wieder ein. „Das wird mein Minibudget zerschossen haben, aber die niedrige Miete vom Personalzimmer wird mein Konto in einem Monat sanieren", tröstete ich mich. Finanziell hangelte ich mich wie ein Äffchen von Ast zu Ast. Immerhin, ich kam vorwärts.

Schließlich saßen wir alle auf dem Schiff. Es war brechend voll. Zu dem Zeitpunkt wusste ich noch nicht, dass ,brechend voll' sich nicht nur bildlich verwirklichen wird. Wir setzten uns an einen Tisch, der fest mit dem Boden verankert war. Ein älteres Ehepaar setzte sich zu uns, und beide bestellten sich einen großen Teller Sülze mit Kartoffelsalat. Ich fand das so eklig, dass ich woanders hinschaute.

Ich legte meinen kleinen Rucksack auf den Tisch, benutzte ihn als Kopfkissen und schloss die Augen. Das Schiff legte ab und fing nach kurzer Zeit kräftig an zu schaukeln. Die Nordsee war ein einziges Wellenmeer.

Meine Schwester schaute aus dem Fenster und sagte: „Das ist Windstärke sieben bis acht, das weiß ich noch vom Segelurlaub."

Die Wellen schlugen mit lautem Tosen gegen die Bordwand. Ich war so fertig von der Woche, dass neben mir eine Wildsau hätte Tango tanzen können, es hätte mich nicht gestört. Nur nicht die Augen aufmachen, sonst wird mir schlecht.

Ich hörte wie Spucktüten verteilt wurden. Dem Ehepaar kam die Sülze wieder hoch, ich drehte mich mit dem Kopf zum Fenster. Die Würgegeräusche und der Gestank von Magensäure durchzog das Schiff. Die Wellen kamen von vorne, das Schiff glich einer Salatschüssel auf der aufgewühlten Nordsee.

Ich hörte, wie eine Frau zur Schiffscrew sagte: „Mein Kind hat sich vollgekotzt. Ich muss an meinen Koffer."

„Das geht jetzt nicht", bekam sie zur Antwort. „Zu gefährlich, wenn die Koffer durch die Gegend fliegen."

„Aber ich brauche frische Wäsche", entgegnet sie aufgebracht.

„Jo, dann ist das so", er nickte und ließ sie stehen.

Die Frau war fassungslos. Ich schaute Lena an, sie ertrug alles stoisch, kein Wort gab sie von sich. Sie aß ihr gemischtes Eis mit Sahne und ließ sich von nichts, aber auch gar nichts auf dieser Welt stören. Nicht mal von den Kotzgeräuschen. Als säße sie unter einer Vakuum versiegelten Glasglocke.

Kira kommentierte das Geschehen: „Hatten wir das gebucht? Hast du dafür einen Zuschlag bezahlt? Wie lange dauert die Fahrt? Ach, nur drei lange Stunden geht es durch den Sturm, bis alle Tüten voll sind und es entsetzlich stinkt, dann sind wir da. Na, wunderbar", lachte sie schrill und streckte beide Arme hoch zur Decke, als wolle sie sich bedanken.

Eine Durchsage vom Kapitän mit sonorer, dröger Stimme brummte gemächlich: „Wir haben Seegang, halten sie mal 'nen Finger auf die Teetasse, sollten sie 'n büschen blümerantes Magendrücken haben, gehen sie nicht auf die Toilette, sie schaffen es eh nicht."

Kira lachte mir so schrill ins Ohr, dass ich nicht weiß, was schlimmer ist. Der Seegang oder ihre nervige Art? Die Kellnerin kämpfte sich tapfer an den Passagieren vorbei und verteilte Spucktüten. Die vollen Beutel nahm sie wieder mit. Ich bewunderte ihre Dickfelligkeit.

„Möchten Sie auch eine Spucktüte?", fragte sie freundlich, als würde sie einen Cappuccino anbieten und hielt meiner Schwester eine Tüte vor die Nase.

„Nein! Wofür?", lehnte sie schnippisch ab. Meine Schwester würde es eher durch die Rippen schwitzen, als sich zu übergeben. Als der große Müllbeutel voll war, kamen wir an.

Eng an eng standen wir im Flur mit all meinen Koffern wie in einer Sardinenbüchse. Die Seitentür wurde geöffnet und die erfrischende, saubere Seeluft drang in meine Nase. Ich atmete tief ein und konnte mir ein wohliges Stöhnen nicht verkneifen.

Eine Durchsage trötete durch die Lautsprecher: „Bitte befolgen sie beim Ausbooten genauestens den Anweisungen des Personals. Wir haben Seegang. Sobald Sie das Börteboot betreten, setzten Sie sich umgehend hin und halten Sie sich gut fest."

Die Börtemänner katapultierten meine Koffer zuerst auf das Boot. Einer von ihnen brummelte unwillig: „Mädchen, Mädchen, wie lange willst du denn bleiben?"

Zwei Männer von der Schiffscrew hielten mich rechts und links an der Bordtür fest, während ich auf das stark schwankende Boot schaute. Bei jeder Welle kam das Boot bis hoch zum Ausgang und sank 2–3 Meter in die Tiefe. Mein Herz schwankte zwischen Angst und Herzstillstand wie die Wellen auf und ab. Es regnete Hunde und Katzen, der Tritt auf dem Börteboot war nass, und ich hatte Angst, zwischen Boot und Schiff zu geraten.

Der mich an meinem rechten Arm festhielt rief: „Jetzt!", aber ich war starr vor Angst, ich schaute auf das wankende, schwere, massive Holzboot und wie es von der enormen Kraft der Wellen hoch und runter katapultiert wurde. Mir stockte das Blut in den Adern, hoffentlich rutschte ich nicht aus. Das Boot kam wieder hoch und nochmal ertönte das Kommando „Jetzt!"

Ich trat schnell auf den Bootsrand, die beiden Börtemänner übernahmen mich und hielten mich gut fest, während wir in die Tiefe rauschten. Ich eilte schnell auf die Holzbank und hielt mich gut fest. Die Wellen spielten mit dem Boot, als sei es eine federleichte Aluminiumschüssel. Der Regen peitschte auf uns nieder.

Diese friesisch-helgoländischen Männer schienen Klebstoff an den Schuhsohlen zu haben. Trittsicher, unerschütterlich, gelassen und konzentriert nahmen sie die leicht angegrünten Badegäste sicher in Empfang. Ich fühlte mich, trotz des schwankenden Boots gut bei ihnen aufgehoben. Diese Männer schienen keine Hast zu kennen. Ihre sonnengegerbte Haut, ihre stämmige Statur und ihre ruhigen, klaren Ansagen beruhigten mich und nahmen mir die Angst. Sie waren perfekt aufeinander eingespielt, jeder gab auf den anderen Acht. Bewundernswert, wie sie die herausfordernde Situationen mit Bravour meisterten.

Das Boot war voll, wir saßen alle dicht beisammen und steuerten Richtung Landungsbrücke zum Anleger. Die Gischt spritzte über uns hinweg, Seemannstaufe inklusive. Dafür hatten wir nicht bezahlt, das gab's gratis.

Trotz allem schaltete ich in den Urlaubsmodus und ließ mich von dem Boot vergnügt wie ein bunter

Lampion durch die Wellen schaukeln. Ich genoss das salzige Nordseewasser wie prickelnden Champagner.

Mein geliebtes Helgoland, da bin ich wieder!

In meinen Augen leuchteten kleine Herzchen auf, und ich schmolz dahin wie Wachs in der Sonne. Der Motor heulte auf, mir fuhr ein Gedanke wie ein Blitz durchs Herz. ‚Das ist kein Urlaub, du bist jetzt Einwohner! Du wirst mit den Friesen leben und arbeiten.' Das hatte ich nicht realisiert, alles ging so schnell.

Ich schaute auf den seefesten Helgoländer am Steuer, wie er stoisch aufs Meer schaute.

‚Wenn ich mit denen nicht klarkomme, dann wird aus meinem Wunschtraum ganz schnell ein Albtraum. Dann werde ich hier einsam und lebe wie ein Papagei unter Pinguinen. Vielleicht passe ich hier nicht hin? Vielleicht komme ich mit ihnen nicht klar?', zog es durch meine Gedanken. Oh weh, es fühlte sich an, als würde zwischen mir und den Insulanern der Äquator verlaufen. Unüberwindbar!

Panik stieg in mir auf. Das letzte bisschen Farbe verließ mein Gesicht. Was habe ich mir da eingebrockt? Am besten, ich bewerbe mich gleich auf dem Festland und suche mir eine Stelle irgendwo an der Küste. Hier bleibe ich höchstens ein halbes Jahr, dann bin ich wieder weg. Das Boot legte an, wir stiegen aus.

An Land angekommen stapelten wir die Koffer und Taschen aufeinander, ganz oben der Präsentkorb, dessen hübsche Schleife im Wind flatterte.

Meine Schwester schaute mir fest in die Augen und sagte: „Ich habe den Eindruck, du bleibst ein paar

Jahre hier." Das war wie der Zündfunke im Pulverfass.

„Wehe du sagst das nochmal!", zischte ich sie mit scharfem Ton an. „In einem halben Jahr bin ich hier wieder weg."

Sie hatte, ohne es zu wissen, genau meine Horrorvorstellung ausgesprochen. Ärgerlich drehte sie sich zu Kira um. „Hast du gesehen, wie die mich eben angeblafft hat? Also wirklich, das geht gar nicht! Ich habe Hunger, ich hole mir da am Grill ein Bratwürstchen", und sie stampfte verärgert los.

Die meisten Gäste waren weitergegangen, vereinzelt standen Männer von den Börtebooten schweigend da und beobachten, wie meine Schwester in ihr Bratwürstchen biss und sich umschaute. Während ich überlegte, wie wir die Koffer zu meinem Personalzimmer transportieren könnten, hörte ich Angelas Schrei.

Zwei Möwen hatten sie mit einem geschickten Flugmanöver attackiert, und ihr die Bratwurst samt Brötchen geklaut. Die Männer amüsierte es, meine Schwester nahm den Kampf mit den Möwen auf und jagte ihnen nach. Dusselig stritten sich die Möwen um die Beute, sie fiel zu Boden, und Angela gelang der Vergeltungsraubzug. Sie hatte ihr Würstchen wieder.

Einer der Männer kommentierte die Szene mit drögem Humor: „Möwen füttern ist hier verboten."

Gelächter!

„Die kriegen mein Würstchen nicht", schimpfte sie und hielt es wie eine Trophäe hoch, dann schmiss sie es wütend in den Mülleimer.

Ich schaute den gierigen krähenden Möwen nach.

Wie sie sich an erhöhter Stelle aufreihten und ausspähten. Wie Luftpiraten! Denen fehlte nur noch die Augenklappe und ein Schlachtruf: „Fertig machen zum Entern!" Der Anleger war sauber, hier lag nichts Verwertbares rum. Auf Helgoland gibt es Möwen-Flugputzfrauen, die Streife fliegen. Ein Schauspiel!

Wenig entfernt stand ein Eisverkäufer. Er verkaufte, die Möwen griffen an, das Eis war weg, ein kleines Kind weinte um sein Eis, und Mutti kaufte noch eins.

„Schau mal", zeigte Kira auf den Eisstand, „auch eine Geschäftsidee."

„Ja, die Dame mit dem Grillstand hat heute auch doppelten Umsatz", bestätigte meine Schwester mit Ironie in der Stimme.

Der Anleger war wie leergefegt, wir waren hundemüde. Jede lastete sich auf, so viel sie tragen konnte. Als wir losliefen, sperrte uns ein Zollbeamter direkt vor unserer Nase den Weg mit einem Flatterband ab. Völlig schmerzfrei sagte er genüsslich: „Hier geht es nicht durch, laufen sie außen rum", und zeigte mit dem Zeigefinger einen Umweg.

Meiner Schwester gingen die Pferde durch. Wütend faltete sie den Zollbeamten zusammen, während ich die Luft anhielt. ‚Bitte, Vater im Himmel', betete ich, ‚nicht auf den letzten Metern noch Probleme mit dem Zoll.' Ihre Worte prallten an ihm ab. Wir trugen die schweren Koffer den Umweg entlang.

„Was für ein Stoffel", meckerte sie. „Unglaublich!"

Kira stimmte mit ein: „Dem hätten wir die Koffer

um die Ohren hauen sollen."

Lena trottete teilnahmslos mit ihrem Rucksack hinter her, als hätte sie damit nichts zu tun.

Geschafft, angekommen! Das Personalzimmer war klein, aber hatte alles, was man brauchte. Pantryküche, Bad, Sofa, Schrank.

„Hm, gut. Das Sofa ziehen wir aus, da rücken wir zusammen, dann passen drei drauf, und einer schläft auf dem Boden. Das geht schon", sagte Kira.

„Jetzt nicht hinlegen!", kommandierte Angela. „Es ist Inselfest. Wir können früher ins Bett gehen, aber jetzt will ich auf das Fest und nicht den Tag verschlafen."

Wir rappelten uns auf, genossen das Inselfest mit all den schönen Ständen, Bühnen, der Musik. Die Straßen waren proppenvoll. Wir schoben uns durch die Menschenmassen in den Straßen, die Sonne kam raus, der Himmel klarte auf, der Wind legte sich.

„Wir sprechen uns per Handy ab", rief Kira noch, dann zerstreuten wir uns in alle Richtungen.

‚Das ist meine Gelegenheit', dachte ich, und lief hoch auf den Felsen, damit ich den weiten Blick übers Meer genießen konnte. Die rote Mauer, die Promenade auf dem Felsen. Endlich alleine, atmete ich durch und dachte: ‚Nun bin ich hier. Tatsächlich hat sich mein Wunsch erfüllt. In nur einer Woche bin ich wie ein Blümchen umgetopft worden. Hier ist meine neue Erde, der Topf, in dem ich blühen soll.'

Wieder überwältigte mich die Schönheit der Nordsee, der rote Felsen, die friedliche Atmosphäre, die reine, salzige, erfrischende Seeluft, die bunten nordischen Häuschen, das quietschend, frische Grün der liebevoll gepflanzten Bäume und Sträucher, die weißen Seebäderschiffe, die im glitzernden Meer schaukelten, die Badedüne, die Strandkörbe, das Schwimmbad, die vielen kleinen Segelboote, die am Hafen verzurrt waren.

Ich wischte mir die Tränen aus den Augen und bedankte mich bei meinem Vater im Himmel und sandte ihm am Ende einen Luftkuss. Vorerst!

Abends trafen wir uns in meinem Personalzimmer.

„Um 23:30 Uhr ist Feuerwerk", sprudelte es aus mir raus."

„Nee, danke. Zu müde!", wurde mein Vorschlag abgeschmettert.

Während alle schliefen, schlich ich mich gegen 23:00 Uhr aus dem Zimmer und suchte mir ein einsames Plätzchen auf der Mole. Jetzt war alles still, der Sternenhimmel glasklar, die See wieder ruhig. Ich setzte mich auf einen Poller und wartete auf das Feuerwerk.

Paff, paff, boom – es ging los. Die Raketen schossen in den Himmel, es blinkte und glitzerte in alle Farben, die Böller knallten laut.

Es war 0:00 Uhr. Nun war ich vierzig Jahre alt. Ein guter Start!

16

Endlich angekommen

Am nächsten Tag brachte ich die drei zum Anleger und schaute zu, wie sie mit den weißen Booten wieder zurück zum Schiff gebracht wurden. Die Seebäderschiffe lichteten einer nach dem anderen die Anker und tuckerten gemütlich davon.

So, alle waren weg, endlich! Ich genoss die Ruhe und suchte mir eine Bank mit Blick aufs Meer.

‚Ich bin auf Helgoland, wie genial!' Ich räkelte mich genüsslich wie ein Bär in der Sonne und sagte zu Jesus. „Das ist ein dickes fettes Geschenk! Richtig klasse von dir, mich hier nach Helgoland zu verpflanzen und das genau zu meinem vierzigsten Geburtstag. Du bist nicht zu toppen! Wer dich nicht kennt, hat sein Leben verpennt."

Ich legte mich auf die Bank und schloss die Augen. Oh weh, da fiel mir ein, an meinem Geburtstag kam mich immer Manfred besuchen. Das war Tradition. An seinem Geburtstag trafen wir uns bei ihm und an meinem bei mir.

Manfred ist auch Physiotherapeut, wir hatten etwa drei Jahre in derselben Praxis gearbeitet und uns sehr gut verstanden. An seinem Geburtstag hatte ihm jeder während des Praxisbetriebes nebenbei gratuliert.

„Was machst du heute? Hast du Gäste eingeladen? Sicher feierst du, oder?"

„Ich? Nein! Das mache ich nie."

„Was?", sagte ich und schaute ihn erstaunt an. „Es ist doch ein Grund zu feiern! Du hast Geburtstag! Das Leben ist ein Geschenk!"

Er verzog keine Miene. Belanglos drehte er sich zu mir um: „Ich feiere meinen Geburtstag nie. Wüsste nicht warum", und zog die Schultern hoch, ließ sie wieder fallen. Seine Augen sahen traurig aus, und ich konnte nicht fassen, was ich da hörte. Er drehte mir den Rücken zu und trottete zum nächsten Patienten.

Mir ließ das keine Ruhe. Das ändere ich einfach, dachte ich mir und sprach heimlich die anderen Arbeitskollegen an.

„Was haltet ihr davon, wenn wir Manfred heute Abend überrumpeln. Wir treffen uns heute Abend gegen 7:00 Uhr vor seiner Haustür. Wir bringen was zum Essen und ein paar Flaschen zu trinken mit, damit er keine Arbeit hat. Dann lassen wir da die Party steigen. Seine Frau und seine Tochter werden vielleicht erstaunt sein, aber die kommen damit bestimmt gut klar."

Die Kollegen schauten sich fragend an.

„Ja, warum nicht. Lassen wir es bei ihm heute mal krachen. Der wird überrascht sein. Sollen wir ihm was schenken? So kurzfristig habe ich nix", erwähnte einer der Kollegen.

„Ach, egal," winkte ich ab, „wir sind das Geschenk.

Wenn was greifbar ist, dann ja, aber sonst machen wir keinen Aufriss deswegen. Wir wollen einfach einen lockeren lustigen Abend bei ihm verbringen und seinen Tag feiern. Ha ha ha, der wird gucken, wenn wir ihm die Bude stürmen."

Abends waren alle Punkt 7:00 Uhr mit Getränken, Salat und kleinen Geschenken leise vor seiner Haustür eingetroffen und gespannt, wie er reagieren würde. Wir waren zu fünft und klingelten an der Tür.

Manfreds Gesichtsausdruck war zum Schlapplachen. Er bekam seinen Mund nicht mehr zu, sprachlos stand er da.

„Hallo, du hast heute Geburtstag, oder nicht?"

Jeder hatte ihm herzlich gratuliert und ihm seine Schüsseln, Blumen, Getränke, Geschenke in die Hand gedrückt. Zum Schluss stand er wie ein beschenkter Weihnachtsmann da, völlig verdattert. Wir mussten bei dem Anblick lachen. Das war wirklich eine gesegnete Breitseite. Damit hatte er nicht gerechnet, überhaupt nicht.

„Ja, kommt rein, setzt euch doch ins Wohnzimmer. Hier fliegen zwar noch die Spielsachen von unserer Kleinen rum, aber kommt rein."

„Happy Birthday to you", stimmte einer spontan die Kolonne an. „Happy Birthday to you", stimmten alle mit ein, marschierten fröhlich und absichtlich schief singend durch den Flur ins Wohnzimmer, und wir setzten uns alle an den großen Esstisch.

„Ihr seid ja verrückt!", sagte er freudig überrascht und drehte sich zu seiner Frau Monika. „Komm, lass uns ein paar Teller hinstellen, bring Gläser mit."

„Ja", stimmten wir ausgelassen mit ein. „Bring auch Besteck mit, wir machen das jetzt jedes Jahr."

Es war ein lustiger, schöner Abend. Viel erzählt und viel gelacht. Ab diesem Abend machten wir das jedes Jahr, immer wenn Manfred Geburtstag hatte. Seitdem feierte er seinen Geburtstag wieder. Natürlich hatte er rausbekommen, dass ich ihm das eingebrockt hatte.

„Das kriegste wieder", warf er mir im Praxisalltag zu.

„Oh, da bin ich ja gespannt, wie 'ne Bogenlampe", machte ich mich lustig.

Die Retourkutsche kam jedes Jahr an meinem Geburtstag. Er sammelte die Kollegen mit seinem VW-Bus ein und kam jedes Jahr unangemeldet bei mir zum Feiern vorbei. Obwohl ich die Praxis später verlassen hatte und nach Trautheim umgezogen war. Er behielt es bei. Es war Tradition!

‚Und heute habe ich Geburtstag', durchfuhr es mich. ‚Ach, du meine Güte, den Manfred habe ich ganz vergessen. Der wird heute seinen VW-Bus mit Kollegen vollpacken und vielleicht schon auf dem Weg nach Trautheim sein. Oh weh!'

Dem hatte ich nicht Bescheid gesagt, dass ich umgezogen bin. Dann klingelt er an der Tür ... keiner da. Umgezogen! Das gibt Ärger!

Ich richtete mich erschrocken von der Bank auf und holte mein Handy aus der Tasche.

‚Hallo Manfred', schrieb ich, ‚ich bin umgezogen.

Seit heute wohne ich auf Helgoland. Du bist herzlich eingeladen. Hier ist meine neue Adresse ...', drückte auf Senden und fand das irre witzig. Ich ließ mich gegen die Rücklehne fallen und fuhr mir mit der Hand durch die Haare.

‚Oh, der wird nicht begeistert sein.'

Kurz danach klingelte mein Handy, es war Manfred.

„Sag mal!", tönte es aufgebracht aus dem Handy. „Geht's noch? Wo wohnst du? Das ist doch ein Scherz! Du treibst wieder deinen Schabernack mit mir! Sag mir jetzt nicht, dass es stimmt. Ich sitze in meinem VW-Bus, habe gerade den letzten eingesammelt und will jetzt los, da kommt so eine SMS von dir. Ich krieg noch einen Herzstillstand wegen dir. Habe ich eine Leseschwäche? Steht da Helgoland, oder Legoland? Ich bin wirklich fassungslos! Los, sag' mir, dass es ein Scherz ist! Los!"

„Hm, ähm ähm hm ähm", stotterte ich „nee, kei... kei... kein Scherz", gab ich kleinlaut zu.

„WAAAS!!! Du bist nicht normal! So was wie dich gibt es eigentlich gar nicht! Was machst du als Nächstes? Auf einer Bohrinsel die Arbeiter massieren? Öl zum Massieren hast du da ja genug. Oder wirst du in der Wüste Gobi mit Kamelen eine Gymnastikgruppe eröffnen? Oder in der Antarktis einen Pinguintanz einstudieren? In Afrika Hühnern einen Handstand beibringen?", blies er wie ein verstimmtes Saxofon ins Handy.

Ich stellte mir die Kollegen im Bus vor, wie sie

mithörten. „Hey", sagte Manfred zu den anderen „die ist gestern nach Helgoland umgezogen, die Party fällt heute aus. Das ist verrückt! Alle wieder aussteigen, wir feiern bei mir. Also", sprach er wieder mit mir, „wir haben alles geplant, wollten deinen vierzigsten Geburtstag bei dir feiern. Das schockt mich total. Ich brauche jetzt ein Bier, oder zwei. Weißt du was? Schreib' doch ein Buch!" und legte auf.

Das Foto auf dem Einband zu diesem Buch kommt von der

Fotogalerie- Helgoland

von

Yngve Torben Lange

Dieses - und viele andere Bilder gibt es in einigen ständigen

Bilderschauen auf der Insel Helgoland zu betrachten .

Gerne berate ich Sie dabei das richtige Inselmotiv zu finden

Yngve Torben Lange   www.fotogalerie-helgoland.de

Bremer Str. 232   27498 Helgoland

Yngve@fotogalerie-helgoland.de

Zeitfracht Medien GmbH
Ferdinand-Jühlke-Straße 7
99095 Erfurt, Deutschland
produktsicherheit@kolibri360.de